장루이 미스터리 픽스토리 | 1907 |

| 장루이 미스터리 픽스토리 | 제1권 |

1907
네 개의 손

장루이 지음

| 장루이 미스터리 픽스토리 | 제1권 |

1907
네 개의 손

장루이 지음

달아실

| 차례 |

프롤로그

10

고종 황제가 조선의 왕으로서 44년, 대한제국의 황제로서 11년째 되는 해. 순종 황제의 즉위 원년. 청의 광서제가 33년째 재위 중인 해. 일본의 메이지 천황이 40년째 자리를 지키고 있는 해. 바로 1907년이다. 1907년에 벌어진 우리가 알고 있는 역사적 사건들이라면 아마도 이런 정도일 것이다.

　1907년 2월 국채보상운동이 있었다. 일본은 청일 전쟁이 있던 1894년부터 1906년까지 조선에 네 차례에 걸쳐 1,150만 원의 차관을 제공했는데 이는 모두 일본이 조선에 재정 담당으로 붙여놓은 일인 관리에 의해 주도된 것이었다. 이런 일본의 차관은 (일본의 의도대로) 조선의 경제를 일본에 예속시키는 결과를 가져왔다. 이를 깨기 위해 민족의식을 고취하는 책들을 출판하던 광문사의 사장 김광제와 부사장 서상돈이 2월 중순 대한매일신보에 '국채를 갚지 못하면 조선이 망하니 2천만 인민이 3개월 동안 담배를 끊어 그 비용으로 해결하자'는 발기문을 올렸다. 이후 제국신문, 만세보, 황성신문 등에 잇따라 보도되면서 전국적으로 국채보상 운동의 물결이 일었다. 20여 개의 국채 보상 단체가 생겨났고 고종도 금연할 것을 밝혔다. 이 운동은 지식인, 민족자본가, 관리층뿐만 아니라 상인, 노동자, 인력거꾼, 기생, 백정까지도 참여했으며 부녀자들은 자신의 패물을 모금소에 보냈다. 일본은 이런 움직임이 통치에 저항하는 것이라 판단하여 대한매일신보의 양기탁과 배설(E. T. Bethell)을 구속하였는데 죄목은 의연금 횡령이었다. 재판에서 무죄를 선고받기는 했으나 재판이 진행되는 동안 운동의 열기가 식었고 운동은 실패하였다. 비록 성공하지는 못했으나 나라의 주권 회복을 온 국민이

염원한다는 사실을 증명하였다.

1907년 4월 비밀 결사 단체인 신민회가 생겼다. 국권 회복을 목적으로 안창호가 발기하고 김구, 노백린, 박은식, 신채호, 안태국, 양기탁, 유동열, 윤치호, 이갑, 이강, 이동녕, 이동휘, 이상재, 이승훈, 이시영, 이회영, 전덕기, 조성환, 최광옥 등이 참가하였다. 점차 전국적 규모의 애국계몽단체로 커졌는데, 입회시 생명과 재산을 국권 회복을 위해 바치겠다는 서약을 하였고, 비밀을 지키기 위해 자신 외의 회원은 2명 이상 알지 못하도록 점조직으로 운영되었다. 신민회는 각종 학교를 세우고 계몽강연회를 개최했으며 출판 사업을 통해 애국심을 고취하였다. 후에는 해외에 독립운동 기지를 설립하기도 했다.

1907년 5월 고종이 헤이그에 비밀 특사를 파견했다. 2년 전에 있었던 을사보호조약은 조선의 외교권과 통치권을 일본에 넘기는 내용이었는데 고종은 이를 인준하지 않고 이 조약의 부당함을 세계에 알리고자 했다. 1906년 러시아의 니콜라스 2세가 일본이 모르게 고종에게 만국평화회의 초청장을 보냈고 이에 고종은 이상설, 이위종, 이준 등을 특사로 파견하였다. 이들은 헤이그에서 본부를 설치하고 일본 침략의 부당성을 세계만방에 호소하였다.

1907년 7월 헤이그 밀사 사건을 구실로 일본이 고종을 강제 퇴위시켰다. 이를 반대하는 군중 시위가 벌어지고 19일 대한제국 군인 100여 명이 군중들과 합세하여 종로경찰서를 습격했다. 이때 일본 경찰과 상인들이 다수 사망하였는데 이에 놀란 일본은 대규모 반란을 막기 위해 서울로 병력을 집결시키고 31일 군대 해산을 명하는 칙령을 순종에게 반포케 하였다.

1907년 8월 1일 강제 해산이 이루어지는 도중 대대장 박승환이 자결하자 군인들이 무기고를 부수고 봉기하였다. 병영을 중심으로 일본군과 4시간 동안 전투를 벌였다. 5일에는 원주 진위대가 해산을 거부하고 무장 항쟁을 시작했다. 27일에는 순종황제가 즉위했다.

1907년 9월 이인영을 중심으로 전국적인 의병 조직이 만들어지기 시작했다. 각 도의 의병들을 한 곳으로 모아 서울을 탈환하는 것이 목표였는데 3,000여 명의 군인들도 합세하고 있어 거대한 세력이 모일 준비를 하고 있었다.

이런 소용돌이 속에서 정작 우리가 모르고 있는 1907년의 한 사건이 있었다. 그것은 쓰나미가 되어 향후 조선과 일본의 운명을 바꿀 수도 있는 거대한 음모였다.

1부. 그것은 이렇게 시작되었다

東京

8월 27일 저녁 8시. 조선통감부 이토 집무실

남산 왜성대(倭城臺)에 우뚝하니 자리한 조선통감부 이토의 집무실에 한 젊은 사내가 서 있었다. 이토가 조선통감으로 오면서 함께 데려온 역사학자 시노다였다. 그에게 주어진 임무는 조선의 방대한 역사 자료를 수집하는 것 외에 대한제국『광무제 실록』을 검열하고 수정, 첨삭하는 일이었다. 대한제국 사관(史官)이 수기(手記)한 것을 이토의 입맛에 맞게 새로 고쳐 온 그는 지금 이토의 눈치를 살피고 있었다.

1907년 8월 27일 이토 히로부미 일본 통감께서 돈덕전(惇德殿)에 나아가 대리청정하던 황태자 이척의 황제 등극을 명하였다. 이토 히로부미 일본 통감께서 순명비 민씨(純明妃閔氏)를 황후(皇后)로 추봉하고, 비(妃) 윤씨(尹氏)를 황후로 올려 책봉하였다. 이척이 이토 히로부미 일본 통감의 축하를 받고 대사령(大赦令)을 반포하며 칙문(勅文)을 반포하기를, 나는 덕이 없는 사람으로서 외람되게 나라의 큰 정사를 대리청정하라는 명령이 천만 뜻밖에 갑자기 내려졌으므로 더없이 송구하여 몸 둘 바를 모르고 있었다. 진정으로 간청하여 이토 히로부미 일본 통감께서 내린 명령을 취소하실 것을 바라면서 거듭 호소하였으나 윤허받지 못하였으므로 그렇게 할 수 없었다. 하늘의 의사를 돌려세울 수 없어 하는 수 없이 명령을 받기는 하였으나 임무가 너무도 중대한 만큼 어떻게 감당할 노릇이겠는가……

"좋군. 이대로 넘기고 그만 퇴근하게."

낮에는 경운궁 돈덕전에서 대한제국의 새 황제 즉위식이 있었다. 고종은 강제 양위를 끝까지 버텨보려 했지만 대세는 이미 기울었고, 결국 이토의 뜻대로 조선의 황제가 바뀌었다. 새 황제는 이토의 명을 받들어 단발을 하고 서구식 군복 차림으로 즉위식에 참석했다. 헤이그 밀사 파견을 빌미로 눈엣가시였던 고종을 퇴위시키고, 대한제국의 군대를 해산시키고, 꼭두각시 황제를 세우는 것. 대조선의 역사를 왜곡하고 날조해서 조선인의 정신을 죽이는 것. 그야말로 이토의 계산대로 모든 것이 움직여 주고 있었다. 남은 것은 본국 메이지 천황의 결심을 받아내는 일뿐이었다.

'결심을 받아낼 수 있을까? 수십 년을 지켜봤지만 그 중늙은이의 속을 도대체 모르겠단 말이야. 그 속에 능구렁이가 몇 마리나 들어있는 건지……'

9월 16일 오전 8시. 도쿄 메이지 궁전

"오히~루! 기상~~! 기침하셨습니다."

권전시(천황을 보필하는 여관)의 낭랑한 목소리가 천황의 거처인 메이지 궁전(明治宮殿) 곳곳으로 번져갔다. 방에서 방으로 기다란 마루를 지나 목소리들은 기다리고 있었다는 듯 연결되기 시작했다. 조용하던 숲에 매가 날아올랐을 때, 술렁이는 작은 새떼들처럼 궁인들은 부산하게 움직이기 시작했다.

천황의 기상은 항상 이 시간이었다. 설령 심야 파티가 있었어도, 지방 순시가 한밤에 끝났어도 일어나는 시간은 같았다. 하급업무 여관(女官)인 요시코는 황후 하루코의 침전에서 깨어났다. 그녀는 황후가 사가에서 데리고 온 궁인으로 원래는 반시간 전에는 미리 일어나 황후의 담배 시중을 준비해야 했다. 하지만 오늘 그녀는 땀범벅이 된 채 그제야 겨우 악몽으로부터 탈출할 수 있었다.

흉몽으로 흐트러진 옷매무새 사이로 커다란 젖가슴이 출렁였다. 아기에게 젖을 물려보지 않은 그녀의 몸은 서른여섯 살이라는 나이가 믿기지 않을 만큼 탄력이 있었다.

"이상한 꿈이었어!"

요시코는 중얼거렸다.

"전하께서 그리 슬픈 표정을 하시다니……"

그녀의 젖은 눈이 아련해졌다.

'꿈은 반대라고 했으니 좋은 일이 오는 중인지도 모르지.'

그녀가 옷을 가다듬고 은으로 된 담뱃대와 담배를 가지고 황후에게 갔을 때, 황후도 실은 불편한 꿈 때문에 심란해 하는 중이었다.

"그래, 오늘 조선에서 이토가, 이토 공작이 오는 날이었지? 어쩐지…… 휴우~"

황후는 한숨을 크게 내쉬고 담뱃불을 붙이는 요시코에게 물었다.

"황태자 소식은 들었느냐? 두통은 괜찮아졌다더냐?"

사실 황후는 전령을 통해 매일같이 황태자의 근황을 보고받고 있었다. 그러면서도 요시코에게 묻는 것은 결코 나쁜 소식이 없기를 바라는 일종의 주문(呪文) 같은 것이었다. 요시코는 한때 어린 황태자의 시중을 들었던 인연이 있기도 했다. 그리고 황후에게는 많은 궁인들이 소속되어 있었지만 이렇게 터놓고 대화를 나눌 수 있는 사이는 드물었다.

"황태자께서는 이제 더 이상 병자가 아니십니다. 오히려 수행하는 건장

한 장교들도 쩔쩔맬 만큼 강인하시다 합니다."

하얀 연기가 실내로 번져나갔다.

"그래, 하지만 그 병은 고질적이라 완치가 안 돼. 무리하지는 말아야지. 그나저나 이토 그자가 걱정이구나. 그 안에 흑심을 품었음이야……."

요시코는 무슨 일인지 더 물어보고 싶었지만 차마 묻지는 못 했다. 비록 황후가 가까이 대한다고는 하나 황후가 하문하지 않은 것을 궁녀가 먼저 물을 수는 없는 노릇이었다. 다만 자신처럼 황후도 황태자에 대해 안 좋은 꿈을 꾼 건 아닌지…… 불길한 생각이 문득 머리를 스쳤다.

9월 16일 오전 11시. 천황 집무실

"제국의 황태자를 사지로 몰아넣을 셈인가?"

천황의 음성에 노기가 섞여 있었다. 이토 히로부미는 의자를 박차고 일어났다. 철컥 하고 허리에 찬 칼이 소리를 내며 흔들렸다. 황거(皇居)에 그것도 천황의 집무실에 칼을 차고 들어오고 게다가 의자에 앉아 이야기 할 수 있는 사람은 일본에서도 오직 그 한 사람밖에 없었다. 후한 시절 조조가 칼을 차고 황제를 알현하던 모습 같다며 신하들뿐 아니라 궁인들조차 수군거릴 정도였지만 정작 두 사람은 개의치 않았다. 그만큼 둘은 가까운 사이였다.

"지난번 요청했을 때 이미 불가하다 했을 텐데?"

천황이 힐난하듯 언성을 높였지만 이토도 굽히지 않고 맞섰다.

"조선을 폐하의 나라로 만드는 일입니다. 굽어살펴 주십시오. 유사 이래 일본이 언제 조선을 정복해 보았습니까? 지금 우리에게 그 기회가 왔습니다. 조상들이 이루지 못했던 대업이 이루어지는 지금, 어떤 위험이 따른다 해도 할 수 있는 일은 다 해야 합니다."

둘 사이에 팽팽한 침묵이 흘렀다. 이토가 누구였던가. 신문물을 배우겠다고 젊은 날 해외여행 금지령을 어기고 영국으로 갔던 사내였다. 어디 영국뿐이던가 새로운 것을 배울 수 있다면 독일이고 미국이고 마다하지 않고 달려가던 사내였다. 막부(幕府)의 낡은 정치를 깨기 위해 천황이 등장하고 신문물을 받아들일 때, 이토는 항상 최선봉에 있었다.

헌법과 의회를 만들고 수상을 여러 번 역임하면서 메이지 천황에게 없어서는 안 될 심복이자 오른팔이기도 했다. 천황은 그런 그를 지원하기 위해 여러 번 거액의 하사금을 내렸고, 그는 천황의 돈으로 정당을 만들고 정책 연구에 매진했다. 그것은 그가 생각해 내는 모든 것이 천황을 위한 것이라는 명분을 충족시켜 주는 일이기도 했다. 외국과의 통상에 있어서도 경험과 어학 실력을 겸비한 그가 없으면 안 되었다. 걸핏하면 반란을 일으키는 사나운 자들 때문에 언제 목숨이 달아날지 모르는 조선의 통감으로 자원한 것도 그였다.

"내가 언제 그대의 건의를 받아주지 않은 적이 있었나? 하지만 이번 일은 안 되네."

천황의 어조가 조금은 누그러졌다. 그도 이미 돌이킬 수 없는 일이라는 걸 알고 있는지도 모른다.

"윤허해 주셔야 합니다. 그래야 조선을 우리의 영토로 만들고 나아가 대륙으로 진출할 수가 있습니다. 지금 우리 일본의 힘만으로는 더 이상 열강들을 상대할 수가 없습니다. 우리가 마음대로 부릴 수 있는 인력과 자원을 최대한 확보해야 합니다."

고집을 꺾지 않는 노신(老臣)을 보면서 불현듯 천황은 자신의 신하인 이 사내가 어쩌면 자신의 가장 큰 적이 아닐까 하는 생각이 들었다.

40년 전 15세의 나이에 일본의 122대 천황이 되면서부터 그는 파란의 세월을 헤쳐 왔다. 몰락한 천황가는 누구의 주목도 받지 못하며 곤궁 속에 살아야 했다. 하지만 그에게는 왕정복고라는 천지개벽의 행운이 따라왔다. 새롭게 권력을 잡은 젊은 무사들의 압력을 견디지 못하고 1867년 10월 14일 15대 쇼군(將軍) 도쿠가와 요시노부(德川慶喜)가 재위 일 년 만에 국가 통치를 포기하고 통치권을 천황에게 바친다는 대정봉환(大政奉還)을 선언했다. 물론 개혁파에게 어쩌면 어린 천황이야말로 조종하기 쉬운 꼭두각시로 보였는지도 모른다. 하지만 천황은 그런 그들과 겨루면서 때로는 강경하게 때로는 부드럽게 국가의 최고 지도자로서의 위치를 조금씩 다지며 쌓아 나갔다. 이제 그는 일본 국민의 신이고 모든 권력의 정점이었다. 그러나 그는 자신의 권력이 더욱 견고해져야 한다는 것을 알고 있었고 바야흐로 이에 저항하는 자들은 누구라도 베어버릴 참이었다.

"아무튼 생각해 보겠다. 당사자들의 이야기도 들어봐야 하고. 다음에 다시 이야기 하지."

이토도 고개를 숙였다. 여기서 더 밀어붙인다면 역효과가 날 공산이 컸다.

"부디 숙고해 주십시오."

이렇게 알현은 끝났다. 지시 사항을 수기하기 위해 대기하던 소년 시종이 겁에 질려 떨 만큼 험악했던 시간이었다. 이토는 상주문(上奏文)을 남기고 떠났다. 그 안에는 일정과 수행원까지 꼼꼼하게 명기되어 있었다. 결코 물러설 의사가 없다는 것을 그 계획서가 대변하고 있었다.

"오늘은 더 이상 사람을 만나지 않겠다. 나이기(內儀)로 돌아가자"

거주처로 돌아가겠다고 천황이 명을 내렸다. 당시 일본인으로서는 큰 키인 165센티미터의 키에 화려한 훈장을 단 군복 차림의 천황은 이제 황후를 만나 상의를 할 생각이었다.

천황의 애완견이 앞장을 서고 행렬이 움직이기 시작했다. 궁인들은 그 와중에도 수군거렸다.

"이토 공작과 무슨 일이 있었던 거지?"

"두 사람이 얼굴 붉히는 건 처음 봐."

일본의 9월은 수확과 재난의 달이었다. 농사지은 곡물을 수확하는 기쁨
을 누리려면 때맞춰 찾아오는 태풍과 지진의 공격을 이겨내야 했다. 그래서
자연 재해에 맞서는 삶이 일상인 일본인들은 어떤 일이든 좋은 일과 나쁜
일이 동전의 양면처럼 붙어 있다고 생각했다. 메이지 천황도 지금이 위기이
자 또한 최고의 전성기였다. 청을 이기고 러시아를 굴복시켰으며 조선의 할
양(割讓)을 열강으로부터 묵인 받고 있었다. 하지만 지금 천황의 마음 깊은
곳에서는 왠지 모를 불안이 꿈틀꿈틀 피어오르고 있었다. 왕이기 전에 가장
으로서, 아버지로서 시험대에 선 듯한 기분까지 더해져서 그는 몹시 언짢아
졌다. '칙쇼!'

9월 16일 낮 12시 30분. 천황 수라실

　군복을 벗고 일상복인 프록코트로 갈아입은 천황은 수라실에서 황후를 만났다. 천황의 식탁은 정면을 바라보고 황후의 식탁은 옆으로 차려져 있어 두 사람은 정면으로 마주보지는 않았다. 하얀 백자에 푸른 국화 문양이 그려진 전용 식기에는 뼈를 바른 은어를 비롯한 생선 요리들이 담겨 있었다. 천황과 황후는 늘 그랬듯이 먹을 만큼만 덜고 남은 요리들은 물렸다. 오늘 여관들의 점심도 생선 요리가 될 것이었다.

　"이토가 황태자에 관한 요청을 다시 했소."

　천황은 버드나무로 만든 젓가락을 들며 말했다.

　"역시, 그 문제였군요."

　"이번에는 아예 일정까지 다 짜서 가져왔더군."

　한동안 침묵이 이어졌다. 황후가 결심한 듯 말했다.

　"무례한 자입니다. 황실을 우습게 여기는……"

　천황은 조용히 국을 마셨다.

　"그럴지도, 하지만 그는 이 나라의 기둥이오. 나조차도 무시할 수 없는."

　황후가 다그치듯 물었다.

　"그럼 윤허하실 겁니까?"

"생각해 보겠다고 했소."

황비는 체념한 듯 허공을 멍하니 바라보았다.

"결국, 그렇게 되겠지요. 우리의 미래를 사지에 빠트리다니……"

황후가 상심해 하자 천황은 달래듯 말했다.

"이토가 요시히토의 안전은 자신이 목숨을 걸고 책임진다고 했소. 그리고 제국의 정예들이 호위할 것이니 꼭 위험하다고는 할 수 없는 일이오."

"폐하께서도 아시지 않습니까. 이토는 전부터 황태자를 좋아하지 않았습니다."

천황은 젓가락을 탁 하고 상에 내려놓았다.

"이토는 나와 내 아들의 신하일 뿐이오. 나는 그가 제멋대로 굴게 내버려 두지 않을 거요."

접시의 요리는 아직 처음 그대로였지만 식사는 끝났다. 천황은 자리에서 일어났다. 거칠게 내려놓은 버드나무 젓가락이 흐트러진 채로 남았다. 그 젓가락은 일회용이었다. 다시는 사용되지 않을 운명이었다.

9월 16일 오후 2시. 이토 자택

"황태자의 병은 지금 잠복기라 할 수 있습니다."

육군 군의(軍醫) 총감인 사토 박사가 보고했다.

"워낙에 병약한 체질로 태어나 그간 조리를 잘 했다고는 하지만 언제든 두통과 신경쇠약이 올 수 있습니다. 그러면 간질도 다시 발작할 겁니다."

"최근엔 어떠한가? 술은? 담배는? 여자는?"

이토는 궁금한 게 많았다.

"한동안은 절제하고 있습니다만 아시다시피 변덕이 심한 성격이라 언제 다시 예전으로 돌아갈지 모를 일입니다."

황태자는 어려서부터 약골이었는데, 어느 순간부터 성격도 지나치리만큼 더욱 예민해졌다. 황후의 친자식이 아니라는 걸 알고부터 황태자가 더 예민하게 변했다며 사람들은 수군거리기도 했다. 그러나 그게 무슨 상관이겠는가. 체질이 어떠하든, 성격이 어떠하든 하물며 그의 몸속에 천한 피가 흐르든 무슨 상관이 있겠는가. 누가 뭐라 한들 그가 천황의 장자(長子)이고 하늘 아래 두 번째로 귀한 존재라는 사실은 바뀌지 않았다.

비록 자신이 낳은 아이는 아니었어도 (친아들이 없었기 때문이기도 하겠지만) 황후는 천황만큼이나 아니 그 이상으로 황태자를 아끼고 사랑했다. 황태자의 친모 나루코는 후궁이었기 때문에 자신의 아들을 키울 수 없었고, 아들을 아들이라 부를 수도 없었다. 황태자는 태어나자마자 황후에게 넘겨졌고 나루코는 그후 아들을 만나지 못했다. 황태자는 태어나면서부터 잔병이 많고 예민한 신경을 가진 아이였다. 그를 돌보는 하인들은 황태자에 대해 이렇게 말하곤 했다.

"황실에 태어나지 않았으면 벌써 죽었을 거야."

"황태자보다는 예인이나 떠돌이 승려가 더 어울리는 거 아냐?"

천황의 묵인과 황후의 총애가 과한 탓이었을까. 황태자는 자라면서 그의 장난기도 함께 자랐는데, 문제는 그 장난기가 종종 위태한 방종으로 웃자랐다는 데 있었다. 외국 사절이 천황을 알현할 때, 장난감 총을 들고 와 사절을 향해 총구를 겨냥한 일도 있었고, 공식 행사에서 간질 발작을 일으켜 낭패를 보기도 했었다. 나이가 들면서 장난기는 사라졌지만 방종은 여전하였으니 황태자는 밤마다 유흥가의 술집을 찾아 질펀하게 술판을 벌이고 마음껏 계집들을 품었다. 언젠가 이토와 어느 기생을 놓고 대립하기도 했다.

"이토 상, 지금 누가 양보해야 맞는 건가?"

이토는 그때 젖비린내 나는 황태자가 지껄이던 말이 아직도 귀에 쟁쟁

했다. 어쩌면 그는 그때부터 황태자가 천황의 자리에 오르면 안 된다고 생각했는지도 모른다. 제국은 하나지만 황태자가 될 황자는 또 있었다. 황태자의 아들 히로히토. 이토는 천황의 후계자로 일찌감치 히로히토를 생각하고 있었는지도 모른다. 수많은 지사들의 피와 땀으로 이룩한 이 나라를 덜떨어진 황태자에게 넘겨줄 수는 없다는 생각이었다.

늙은 의사가 돌아간 뒤에 조선통감부 초대 통감은 생각에 잠겼다. 이번 일은 꼭 추진되어야 한다. 그것은 이제 삶이 얼마 남지 않은 노정객(老政客) 이토 히로부미가 자신의 조국을 위해 할 수 있는 마지막 봉사였다. 결과에 대한 모든 책임은 자신의 죽음으로 질 것이었다. 얼마나 편한가. 자신의 늙은 목숨 하나 내놓으면 후유증이 없다는 것이.

이토 히로부미. 어쩌면 그의 일생은 일본의 근대화와 부국강병을 위해 바친 일생이었다. 막부 말기 가난한 농부의 아들로 태어나 하급 무사의 양자(養子)가 되면서부터 그는 오로지 새 나라를 만드는 일에 헌신했다. 만일 일본이 막부 시대의 상황에 그냥 머물러 있었다면 그 역시 잘돼야 지방의 하급 관리로 평생을 마쳤을 것이다. 그는 화족(華族)이라 불리는 귀족 출신이나 지방 영주인 번주(藩主)의 가족이 아니었다. 외려 그들에게 착취당하고 종래에는 목숨까지 바쳐야 하는 피지배 계층이었을 뿐이었다. '도대체 그들은 왜 우대받아야 하는가?' 이것이 그의 평생을 관통하는 의문이었다. 이토는 평범한 사람들도 우대받는 세상을 원했다. 아니 어쩌면 특권 계층이 없는 세상을 원한 것인지도 모른다. 해외여행 금지령을 어기고 그가 친구들과 영국으로 밀항했을 때, 그는 보았다. 근대화된 세상과 조화로운 정치 제도를. 그곳에서는 왕도 귀족도 의회라는 기관을 통해야 권력을 행사할 수 있었다. 그리고 왕은 그냥 왕일 뿐 진짜 정치는 의회의 다수당이 맡는 수상의 몫이었다.

그가 외국어에 열중하고 기회만 생기면 미국으로 독일로 청나라로 다닌 것은 새로운 일본의 모습을 찾기 위해서였다. 그가 천황을 내세웠지만, 오래된 막부를 타도하는 것으로 천황의 임무는 끝났다는 게 솔직한 심정이었다. 한 사람에게 막대한 권력이 집중되면 반드시 비극적인 결과를 초래했다. 제 아무리 공들여 쌓은 탑도 순간의 실수로 넘어지는 법이다. 그때 노크 소리와 함께 비서가 들어왔다.

"분부하신 대로 회원들에게 전갈을 보냈습니다."

"황거에선 별 다른 소식이 없나?"

"각하의 알현을 끝낸 뒤 천황께서 다른 일정은 취소하시고 처소로 돌아가셨다고 합니다. 그리고 다른 때보다 점심 수라 시간이 길었는데 식사는 거의 안 하셨다고 합니다."

"알았네, 나가 보게."

좋은 소식이었다. 천황 내외는 분명 의견 충돌이 있었던 것이다. 이토는 메이지 천황이 자신의 주청을 받아들일 수밖에 없다는 것을 알고 있었다. 그것이 천황의 운명이었다. 일본을 위해서라면 천황도 자신의 아들을 내놓아야 한다. 이미 일본은 역사의 거센 물결 위에서 계속 전진하지 않으면 침몰할 수밖에 없는 처지에 놓이지 않았던가.

돌아보면 청과의 전쟁도 러시아와의 전쟁도 일본이 이길 수 있다고 확신한 적은 없었다. 개화의 시기가 짧은 일본은 무기도 군자금도 부족했다. 일본이 이긴 것은 일본이 강해서가 아니라 청과 러시아가 자신들의 싸움에 빠져 전력을 다하지 못했기 때문이었다. 만약 전쟁이 조금만 더 시간을 끌었더라면 일본은 전쟁 비용을 감당하지 못해 스스로 무너지고 말았을 것이다.

전쟁의 대가로 차지했던 만주에서 물러나야 했을 때, 서양 열강의 압력을 견디지 못한 일본의 무력함은 만천하에 드러나고 말았다. 열강의 압력에 대항할 힘은 일본에 없었다. 그간의 전비를 충당하느라 세금을 과하게 거두어 민란이 일어날 지경이었다. 전쟁이 끝날 때마다 일본은 배상금에 집중했다. 패전국으로부터 배상금을 제대로 받아내지 못하면 군대를 유지할 수 없었기 때문이다. 매년 일본은 적자 재정을 메우기 위해 고심했다. 그러므로 만주를 지금 다 차지하지 못한다면 조선만큼은 확실하게 얻어야 했다. 조선의 인구와 식량과 물자는 당시 일본으로서는 생명줄이나 다름없었다.

역사적으로 조선은 일본에게는 상국이었으며 문화의 전파자로서 일본을 오랑캐라 무시해 왔다. 하지만 이제 상황이 바뀌어 일본이 조선을 차지한다면 이는 일본 역사에 찬란한 금자탑을 쌓는 일이었다. 더구나 장차 있을 대륙 정벌을 준비하는 마지막 열쇠이기도 했다. 그리고 지진과 화산으로부터 자유로운 땅이었다. 아시아를 호령하는 대제국의 수도로서 천년 황국의 금자탑을 쌓을 적지였다.

이미 가쓰라-태프트 밀약을 통해 일본의 조선 점령은 보장된 상태였다. 러일 전쟁이 한창이던 2년 전 미국 루즈벨트 정부의 전쟁부 장관 윌리엄 하워드 태프트와 일본의 총리였던 가쓰라 타로가 7월 29일 도쿄에서 만나 회담을 했다. 이때 가쓰라는 러일 전쟁이 끝나면 조선을 일본의 보호령으로 만들겠다고 밝혔다. 대신 필리핀에 진출하지 않겠다고 약속했다. 일본은 미국이 러시아 편을 들지 못하게 하고 미국은 조선보다 중요한 필리핀을 확보하는 것이니 서로에게 유감이 없는 일이었다.

문제는 조선이란 나라가 그리 호락호락하게 일본의 영토가 되진 않는다는 것이었다. 이토는 누구보다 그 사실을 잘 알고 있었다. 그들은 순순히 일본에게 굴복하지 않을 것이었다. 그러므로 물리적인 힘 외에도 조선을 복속시키는 모습을 대내외적으로 과시할 필요가 있었다.

"그놈들은 명분에 의해 움직이지. 나라가 망해도 망국의 명분이 필요한 거야. 흥! 유학(儒學)을 국교로 한다는 놈들. 어디 이번 사태가 시작되면 또 무슨 명분을 대나 두고 보자."

9월 17일 오후 3시. 천황의 검 방

천황이 검 방에 들었다. 그는 평소 두 가지를 수집했는데, 하나는 시계였고 또 하나는 검이었다. 검 방은 그가 수집해 온 온갖 명검들이 보관된 곳이었다. 본래 명검들은 저마다 살기를 뿜어내며 주변의 공기를 얼리기 때문에 천황의 검 방은 보통 기운을 가진 사람으로서는 견디기 힘든 곳이었다. 천황은 검을 관리하는 담당 시종을 따로 두었다. 요네다 히노시기가 바로 그 담당 시종이었는데 궁내에 그의 출신성분을 아는 이는 없었다. 요네다는 검은 피부에 마른 사내였다. 그 모습은 마치 광채를 죽인 칼집 같았으며, 가능한 눈에 띄지 않으려고 애쓰는 견습 기생 같기도 했다. 손가락은 길고 섬세하며, 발은 작고 걸음걸이는 부드러워서 오히려 여자처럼 보일 정도였다. 여관들은 그가 여장을 하면 미모의 귀부인으로 보일 것이라고 수군거리기도 했다.

"인형 방 관리자가 딱인데, 하필이면 왜 검 방을 관리하게 하시는지……"

천황이 어느 검 앞에 멈춰 섰다. 오오니마루 구니츠나였다. 검의 나라 일본에서도 최고로 치는 다섯 개의 보검 중 한 자리를 차지하는 명검이었다. 원래는 명문인 호조가의 가보였다가 오다 노부나가, 도요토미 히데요시, 도쿠가와 이에야스를 거쳐 천황에게 헌상되었다. 검을 만든 이는 당대의 명공 아와타구치 구니쓰나였다. 날의 길이가 78.2센티미터, 검신의 경사(휨도)가 3.2센티미인 이 검에는 전설이 전해지고 있었다.

　호조가의 요리토키가 귀신에 씌어 병석에 누웠을 때 꿈에 검의 혼령이 나타나 머리맡에 자신을 세워두라고 했다. 그날 밤 요리토키가 혼수상태에 빠졌는데, 그때 칼이 쓰러지면서 칼집에서 나온 검이 방에 있던 구리 화로의 다리를 잘랐다. 그 화로의 다리에는 귀신이 조각되어 있었는데 검에 의해 두 동강이 난 뒤 주인의 병이 씻은 듯이 완쾌되어 이후 귀신을 자른 검이라는 명성을 얻게 되었다고 한다.

　천황은 검을 들어 살펴보았다.

　"조선에 다녀와야겠네."

　요네다는 말없이 고개를 숙였다.

　"이 검을 가져가게."

　천황은 검을 검집에 넣으며 그에게 건넸다.

　"내 아들을 부탁하네."

"존명! 신명을 바치겠습니다."

"조선은 험한 곳이야. 그래도 황국 제일의 무사가 지켜주면 안심이 되겠지."

검 담당 시종은 그날로 궁에서 사라졌다.

9월 17일 밤 11시. 하루코 황후 침실

"요시코?"

황후는 잠들지 못했다. 숙직하던 요시코가 일어났다.

"지난번에 나쁜 꿈을 꾸었다 했지?"

"황공하옵니다. 제가 주책이라 입을 잘못 놀렸습니다."

황후는 한숨을 쉬며 돌아누웠다. 작고 마른 몸은 금방이라도 부서질 듯했다.

"아니야, 꿈 얘기 좀 해보렴."

요시코는 잠시 망설이다가 입을 열었다.

"어린 시절 살던 집이었습니다. 정원에 벚꽃이 활짝 피었는데 꽃을 따라가 보니 멀리로 뻗은 길이 보이더군요. 꽃들이 계속 그 길로 저를 이끌었지요. 저는 신발이 벗겨진 것도 모르고 홀린 듯 걸었습니다. 그런데 저쪽에 누가 있었어요. 놀라서 살펴보는데 갑자기 꽃이 지기 시작했습니다. 눈이 내리듯 꽃잎이 쏟아져 내리는데 땅에 떨어지면서 흰색이 붉은색으로 변하는 것이었습니다. 너무 붉어서 꼭 선혈 같았어요."

황후는 말이 없었다. 혹 잠들었는가 싶을 정도로 침묵의 시간이 흘렀다.

"요시코? 어린 황태자의 시중을 들었었지?"

갑작스런 질문에 당황한 요시코는 대답을 하지 못했다. 꿈에 나타난 그 사람이 황태자였다는 말을 하지 않았는데 황후는 어떻게 알았단 말인가.

"난 네가 좋아."

어릴 때부터 요시히토는 자신보다 여덟 살 많은 요시코의 가슴을 만지는 것을 좋아했다. 틈만 나면 요시코의 저고리 속으로 손을 넣어 젖을 만지작거렸다. 일찍이 부모와 떨어져야 했던 황태자에게 요시코는 시종이자 어머니이자 애인이었다. 그리고 그런 그녀를 처음 가진 사내도 그였다.

그날은 벗꽃이 한창이던 봄날이었다. 요시코는 황거에 심부름을 다녀오는 길에 황태자가 간질 발작을 일으켰다는 소식을 들었다. 급히 침전으로 들었을 때 다행히 황태자는 안정을 찾은 듯 잠이 들어 있었다. 이 나라의 고귀한 존재라고는 하지만 요시코에게 요시히토는 편식이 심하고 병을 앓고 있는 작고 마른 소년이었다. 요시코는 소년의 이마와 볼을 가볍게 어루만졌다. 아직 철부지로 웃고 떠들며 살아야 할 나이에 너무 많은 의무와 학습을 감당해야 했다. 흉몽을 꾼 밤이면 혼자 자는 게 무섭다며 요시코의 방을 찾았다. 요시코의 품속에서 요시코의 젖을 만지작거리다 겨우 잠들곤 했다. 황태자의 상태를 확인한 요시코가 물러나려 할 때였다. 눈을 뜬 요시히토가 요시코의 손을 잡았다.

"요시코, 내 옆에 누워."

"아니 될 분부십니다."

"시키는 대로 해. 네가 있어야 잠들 수 있을 것 같아."

요시코가 옆에 눕자 요시히토의 손이 자연스럽게 저고리 속을 파고들었다.

'이 느낌은 뭘까? 이 느낌은…….'

요시코는 황태자의 손길이 예전과 다름을 느끼며 눈을 감았다. 부드러운 듯 거칠고, 가벼운 듯 무겁고, 누르듯 흐르는 손길. 그것은 엄마의 젖을 만지작거리는 아이의 손이 아니었다. 조금씩 숨이 거칠어지는 것을 막으려고 애쓰는 사이 요시히토의 손이 아래로 내려가기 시작했다. 어느새 그의 손은 요시코의 울창한 검은 숲을 더듬고 있었다. 요시코는 눈을 떴고, 두 손으로 그의 손을 감쌌다.

"가만, 가만히 있어!"

아이가 아니었다. 그것은 사내의 말이었고, 황태자의 말이었다. 요시코는 몸이 얼어붙는 것을 느꼈다. 숨도 쉬면 안 될 것 같은 중압감이 그녀를 덮

쳤다. 어차피 그녀는 황후 가문의 하녀였다. 황후가 아니었으면 이렇게 살아 있지도 못했을 것이다. 그녀는 다시 눈을 감았다. 가볍게 떨리는 손길이 검은 숲을 지나 허벅지를 타고 흘렀다. 마침내 벌거벗은 사내가 벌거벗은 여자의 몸 위로 올라왔다. 그러나 요시히토는 사내라기에는 아직은 서툰 소년이었다. 어찌해야 할지 모르고 그저 난폭하게 허리를 움직이는 소년 아니 사내를 위해 요시코는 스스로 자신의 문을 열어주었다.

창밖으로는 바람이 버드나무를 흔들더니 벚꽃을 흩뿌리고 있었다. 화우동산(花雨東山)인가 아니면 화류동풍(花柳東風)이라 해야 하나. 하얗게 내리는 꽃잎들. 하염없이 내리는 꽃비였다. 땅에 떨어진 꽃잎 위로 붉은 피가 번졌다.

"요시코, 이런 거였어? 이런 기분이었어?"

황태자가 물었지만 요시코는 아무 대답을 할 수 없었다. 요시코는 꽃비에 붉어진 홑청을 걷어 뒷걸음으로 침전을 빠져나왔다. 제 방으로 돌아온 요시코는 몸을 닦으면서 쿡쿡 쑤시는 그곳을 무심히 바라보았다. 어디로 날아든 것일까 벚꽃 한 잎이 요시코의 검은 숲으로 내려앉았다.

"넌 평범한 여자로 살 수 없다."

요시코의 아버지는 딸에게 작은 비수를 주며 말했다.

"넌 대대로 인술(忍術)을 펼치는 집안의 자손이다. 우리에겐 삶이 없다. 우린 그저 그림자일 뿐이다. 주군에게 넌 갑옷 한 벌 정도의 가치밖에 없다. 주군을 위해 살다가 때가 되면 죽는 것, 그게 우리의 운명이다."

그 운명은 너무 빨리 왔다. 그들의 주군은 막부에 대항하는 영주였고 영주가 쇼군의 명을 받아 배를 갈랐을 때, 그녀 집안의 운명도 함께 결정되었다. 막부는 군사를 동원해 그녀의 가문을 습격했다. 아무리 인술에 뛰어나다고 해도 수천 명의 정예병과 싸울 수는 없었다. 부모가 사력을 다해 시간을 버는 동안 하인의 품에 안겨 그녀와 그녀의 동생은 도주할 수 있었다. 살아남은 자들은 은밀한 곳에 숨어 무술을 연마하면서 복수의 기회를 노렸지만 막부의 장군 또한 닌자(忍者)를 거느리고 있었다. 그들과는 유파가 다른 가문들. 그들은 집요하게 추적해 왔다. 결국 그녀가 마지막으로 피신한 곳은 황후의 친정이었다. 황후는 그녀와 동생, 두 자매를 받아주었다.

"이제부터 너희들은 평범한 하녀로 살아라. 단, 내가 부르면 내 그림자가 되어야 한다."

황태자는 그날 이후 수시로 요시코를 찾았다. 아침부터 한밤중까지 요시코는 주변에서 대기해야 했고 호출이 있으면 언제든 달려가야 했다. 궁이 넓다고는 하지만 그만큼 귀와 입도 많은 곳이다. 궁인과 여관들 사이로 소문은 금세 번졌다. 다들 그녀를 보고 수군거렸다. 그리고 어느 날 그녀는 황태자의 처소를 떠나 황후에게로 가라는 명을 받았다.

"요시코, 황후께서 왜 너를 데려가려는지 모르겠다."

하직 인사를 하러 온 요시코를 거칠게 안으며 황태자가 투덜거렸다.

"지금은 이리 보낸다만, 내 곧 너를 다시 부를 것이야."

그것이 마지막이었다. 그날 이후 황태자가 밤이면 반반한 여자들을 침소로 부른다는 소문이 궁을 타고 흘렀지만, 그때마다 요시코는 모른 척했다.

"요시코!"

요시코는 황후 옆으로 다가가 무릎을 꿇었다.

"이제 네 동생을 불러라."

"분부 받자옵니다."

요시코는 일어나 장지문을 열었다. 달빛마저 숨을 죽인 조용한 밤이었다. 요시코가 머리 장식을 뽑았다. 그것은 샤미센(三味線)을 본뜬 모양이었는데, 지나칠 만큼 정교해서 실제 악기 같았다. 요시코의 손가락이 닿자 정말로 소리가 났다. 샤미센 특유의 소리는 아니었지만 금속성의 날카로운 소리가 밤공기를 타고 번져갔다.

요시코가 문을 닫고 다시 황후에게 갔을 때, 그곳에는 또 다른 요시코가 무릎을 꿇고 있었다. 머리 모양도 옷차림도 요시코와 똑같았다.

"이제 황궁을 지킬 필요는 없다. 늙은 우리 부부를 노리는 적은 없을 테니까."

두 요시코는 고개를 숙였다.

"내 아들을 부탁한다. 방해가 되는 자들은 지위고하를 막론하고 모두 죽여도 좋다."

9월 18일 오후 8시. 이토 서재

오늘은 종일 방문객들로 붐볐다. 평소에는 잘 나타나지 않던 인사들까지 줄지어 찾아들었다. 그들은 서재의 문을 꼭꼭 닫고 소리죽여 무언가를 논의했다. 그리고 누군가의 눈에 띄면 안 된다는 듯이 한 사람씩 은밀하게 떠나갔다. 한바탕 손님치레를 마치고 이제 저택은 조용해졌다. 밤이 이슥해지고 있었다. 서재의 벽난로도 불이 꺼져 사방은 어두웠다. 스르륵 문이 열리면서 누군가 발소리를 죽이며 들어왔다. 서재의 의자는 어른 키만큼 높고 넓어서 이토가 등을 돌리고 앉아 있으면 뒤에서 보이지 않았다. 발자국이 책상으로 접근했을 때, 이토가 획 하고 의자를 돌렸다.

"어머나!"

소리를 지른 건 하녀 메이였다. 머릿수건을 하고 청소 도구를 든 이 작은 여인은 이제 갓 스물이었다.

"죄송합니다. 전 아무도 없는 줄 알고……"

메이가 고개를 숙이자 젖가슴이 훤히 비쳤다. 이토는 묘한 웃음을 흘리며 그녀의 허리를 당겨 안았다.

"메이, 미안한 일을 했으면 벌을 받아야지."

이토의 단단한 팔이 그녀를 옥죄었다. 꼼짝할 수 없게 된 메이는 아무 말도 못 하고 숨만 색색 내쉴 뿐이었다. 메이는 몸이 약한 이토의 아내가 새로 들인 하녀였다. 요코하마 중국 이주민 거리에서 중국 이주민인 부모의 빚 대신 기녀로 팔려 나가려는 걸 이토의 아내가 구해주었다고 했다. 메이가 처음 왔을 때부터 이토는 은근슬쩍 아니 노골적으로 그녀의 몸을 훑고 있었다. 이토의 아내는 남편의 성욕을 충족시켜 줄 몸이 아니었기 때문에 그의 바람기를 묵인하고 있었다. 마른 몸이라 생각했는데, 막상 안아보니 그게 아니었다. 숱한 여자들을 탐했던 그가 놀랄 만큼 풍만하고 탄력이 있었다. 이토는 세상이 알아주는 바람둥이요 호색한이었다. 외국을 밥먹듯 드나들던 젊은 시절에도 그의 주변엔 항상 여자들이 있었다. 일로 만나든 술집에서 만나든 그에게 여자는 하룻밤 일회용 노리개였다. 조선으로 갈 때도 그는 일본의 게이샤(藝者)들을 데리고 갔으며 그의 저택에서 일하던 조선 여인들도 밤에는 모두 그의 살수청을 들어야 했다. 오죽하면 '허리 아래 일은 모른 척 하라'는 일본 정계의 암묵적인 약속도 그 때문에 생긴 것이라 했던가.

"이러지 마세요."

메이는 몸을 비틀며 서툰 일본어 발음으로 그를 막으려 했다. 몸을 돌려 이토의 품을 빠져나오려 한 것인데, 그게 더 화근이었다. 그녀의 엉덩이가 이토의 민감한 부위를 스쳤던 것이다. 그녀의 엉덩이는 곡마단의 말처럼 탱탱했고 허리는 한 팔로 휘감길 만큼 잘록했다. 이토는 의자에 앉아 뒤에서 메이를 끌어안은 채 덫에 걸려 파닥거리는 가여운 짐승의 저항을 즐기기 시작했다. 메이가 몸을 비틀면 비틀수록 이토의 아랫도리로 피가 몰렸다. 메이의 옷매무새는 점점 흐트러지고 젖가슴과 허벅지가 훤히 드러났다. 여인의 몸이란 얼마나 아름다운 존재인가. 이토는 뱀이 먹이를 옥죄듯 메이의 허리를 감으며 목덜미를 핥기 시작했다.

"아~~!"

목덜미에서 귓불로 이어진 그의 입술과 혓바닥이 마침내 메이의 귀로 파고들자 파닥거리던 짐승이 허물어지기 시작했다. 이토는 역시 노련했다. 결코 서두르지 않았다. 어린 짐승의 등줄기를 따라 내려가며 후미지고 깊고 어둔 곳까지 더듬어 찾아 핥고 어루만졌다. 그는 메이를 돌려 안지도 않고 옷을 다 벗기지도 않았다. 메이는 화로 위의 생선처럼 구부린 채로 타올라 갔다. 마침내 허리에서 팔을 푼 이토가 한 손으로는 메이의 상체를 서재의 책상 위로 내리 누르면서 다른 한 손으로는 익숙한 솜씨로 메이의 하의를 벗겼다. 그 모습은 마치 새벽 장터거리에서 발정난 개가 흘레붙고 있는 모습과도 같았다. 일인지하 만인지상(一人之下萬人之上)이라 불리는 자의 본 모습이었다.

먼 산에서 뻐꾸기 한 쌍이 울기라도 하는 것일까. 낮고 높은 신음이 엇갈리듯 새어 나왔다. 엇박자로 움직이던 두 몸이 서서히 정박자로 바뀌면서 메이의 신음이 조금씩 리듬을 타기 시작했다. 마치 이 흘레가 좀 더 오래 지속되길 바라는 것처럼, 이토의 아랫도리가 쉽게 식지 않기를 바라는 것처럼…… 그랬다. 메이는 지금 이토에게 몸을 뺏기고 있는 게 아니라 어쩌면 이토의 몸을 조정하고 있는 것이었다. 그녀는 아래로는 엉덩이를 리드미컬하게 돌리면서 위로는 눈을 부릅뜨고 무언가를 응시하고 있었다. 그것은 어지럽게 붉은 줄이 쳐진 서류였다. 그녀는 한 글자도 놓치지 않으려 서류를 보고 또 보고 그렇게 외우고 있었다.

"흐억!"

마침내 흘레가 끝났다. 거친 숨을 고르더니 이내 거슬츠레해진 늙은 개는 그제서야 감았던 덫을 풀었다. 아니 메이가 놓은 덫이 풀렸다 해야 맞을 것이다. 옷을 추스린 메이는 뒤도 돌아보지 않고 유유히 서재를 나왔다. 지금 그녀의 뇌리엔 이토의 책상에서 본 서류의 내용만이 남아 있었다. 방으로 돌아온 그녀는 문을 닫아걸고 종이와 필기구를 꺼냈다. 잊어버리기 전에 한 자도 빠짐없이 적어야 했다. 그녀가 쓴 서류의 제목은 이랬다.

'황태자 조선 방문 일정'

9월 19일 오후 3시. 북경 북양 대신 집무실

"확실한 정보인가?"

원세개는 탁 하는 소리와 함께 보고서를 내려놓았다. 평생 군인으로 살아온 탓에 그의 목소리와 그의 몸짓은 언제나 위압적이었다. 게다가 청나라 최고의 권력자로서 내심 황제를 넘보고 있는 사내였다. 책상 뒤로 보이는 황금사자상과 옥불상 그리고 화려한 도자기들. 황제의 별실이라 해도 무방할 만큼 화려하게 꾸며진 집무실은 지금 그의 위세가 어느 정도인지를 보여주고 있었다.

"일본에 파견된 우리 측 정보원 세 명의 목숨과 바꾼 정보입니다."

정보 보좌관은 고개를 움츠리며 대답했다.

"확실한 정보가 맞다면 목숨 셋이 아니라 삼 만의 목숨과 바꾼들 무슨 대수이겠나. 그래 누가 입수한 것이야?"

"이토의 집에 하녀로 심어놓은 우리 측 정보원이 입수했습니다."

"흠."

원세개는 깊은 한숨을 쉬었다.

"그런데 어떻게 세 사람이 희생되었나?"

"정보를 운송하는 도중에 괴한들의 습격을 받았습니다. 인적이 드문 산

길이었는지라 길을 막고 공격하는 데에는 수비하기가 쉽지 않았습니다. 결국 넷 중 셋이 뒤를 막고 하나가 탈출했는데 그 셋이 아직 돌아오지 않았다고 합니다."

북양 대신(北洋大臣)은 잠시 생각에 잠겼다. 정보대로라면 시간이 없었다. 게다가 다른 쪽에서도 이 사실을 알게 될 확률이 높았다. 휘하에 누가 이 일을 할 수 있을 것인가?

"일본 황태자가 조선에서 살아나가선 안 된다."

"하지만 우리가 죽인 걸 알면 가만있지 않을 겁니다. 다시 전쟁을 각오하셔야 합니다."

"뭐든 길이 하나만 있는 건 아니지. 전에 청방(青幇)이 나를 만나려 한다고 했지."

"그렇습니다. 그들은 만주의 독점 상권을 원하고 있습니다."

"사람을 보내 방주(幫主)를 들라 하게."

9월 20일 오전 10시. 도쿄 외국통신사 사무실

천황은 결국 황태자의 조선 방문을 윤허했다.

여섯 척의 함대와 함께 일본 최고의 영향력을 지닌 수행단이 곧 조선으로 떠날 것이다.

로이터통신, 에이피통신, 에이에프피통신 등 공식 통신사는 물론이고 각국의 비밀 첩보 조직들까지 부산하게 움직이기 시작했다. 누가 먼저라 할 것 없이, 일본 열도로부터 세계 각 나라로 가는 통신망과 첩보망이 뜨겁게 달궈지기 시작했다.

9월 20일 낮 12시, 도쿄 외교구락부

독일과 영국 그리고 미국의 외교관들은 정기적인 모임을 따로 갖지는 않았지만 가끔 약속을 잡고 만났다. 그날도 가벼운 식사나 하자는 자리였으므로 각 대사관의 1등 서기관들은 일본식 생선 요리를 먹으며 한담을 나누고 있었다. 그런데 영국 대사관의 스티븐스가 시종으로부터 접시에 담긴 쪽지를 받으면서 분위기가 묘해졌다.

그는 대수롭지 않은 듯 쪽지를 펴서 한 번 쓱 읽고는 다시 접어서 주머니에 넣었지만 한동안 말을 할 수가 없었다.

"뭐 중요한 전갈이라도……"

독일의 마이어가 묻자 스티븐스는 손사래를 쳤다.

"별거 아닙니다. 오늘 디저트는 뭔가요?"

직설법으로 유명한 미국의 존슨이 웃었다.

"이봐요, 선수들끼리 왜 그러시나. 우리도 이미 연락을 다 받았습니다."

그러고 보니 저 둘은 아까 화장실을 간다며 잠시 자리를 떴었다. 스티븐스는 쓴웃음을 지으며 대사관으로 돌아가면 메시지 전달 방식부터 바꿔야겠다고 생각했다. 스티븐스는 체념한 듯 먼저 운을 뗐다.

"일본이 승부수를 거는군요."

그러자 마이어가 신중하게 말했다.

"위험을 무릅쓸 만큼 급하단 뜻이겠지요."

이번에는 서부의 무법자처럼 수염을 기른 존슨이 의미심장하게 웃었다.

"이게 과연 천황의 승부수일까요?"

9월 20일 오후 7시. 다시 이토 서재

그날 저녁 걸음걸이조차 범상치 않은 느낌의 방문객들이 있었다. 그들은 곧바로 서재로 안내되었는데, 저녁 내내 그들 중 누구도 서재를 나오지 않았다. 그들의 낮고 은밀한 목소리는 결코 바깥으로 새어나오지 않았지만, 서재 바깥을 비서가 지키고 있었다. 메이는 무언가 중요한 모의가 벌어지고 있음을 직감했다. 그들의 정체와 회의 내용이 궁금했지만, 모든 가인(家人)들은 자기 방에서 나오지 말라는 분부가 있었다. 하다못해 차 심부름이라도 있을 줄 알았는데 비서가 직접 부엌으로 와서 물을 끓여 들여갔다.

서재에는 이토 외에 세 사람이 있었다. 이토와 비슷한 나이의 사내들은 일본제국 내에서 그 영향력으로만 친다면 둘째간다 해도 서러울 자들이었다. 그들은 일본의 군대와 치안을 책임질 뿐만 아니라 해외의 정보까지도 관여하는 실세들이었다.

"이제 시작되었소."

이토가 담뱃불을 붙이며 말했다.

"과연 그렇게 되는군요."

사이토가 고개를 끄덕였다. 그는 일본군의 두뇌라 할 수 있는 참모본부의 책임자였다. 일본군의 진퇴는 어전 회의에서 결정되지만 그 이전에 실질

54

적인 군사전문가들인 참모들의 검토를 거쳤다. 그야말로 일본군의 핵심이라 할 수 있었다.

"만약 청이나 조선이 실패하면 어찌되는 겁니까?"

구로다가 물었다. 그 역시 해군의 참모였다.

"아니, 러시아도 있지요. 일러 전쟁의 패배를 앙갚음하고 싶을 겁니다."

정보장교 모리가 빙긋거리며 말했다.

"정보에 의하면 블라디보스톡에는 당시 생존자들이 남아 있다더군요."

"그럼, 그들에게도 정보를 흘렸나?"

구로다가 놀라 물었다.

"그렇진 않아요."

모리가 싱글거렸다.

"청이 알면 그들도 알지요."

사이토가 맞장구쳤다.

"그래, 대륙 놈들은 워낙 새는 구멍이 많지."

"그래도 만사는 항상 대비가 있어야겠지."

이토가 말했다.

"나도 준비를 했다네."

좌중이 조용해졌다.

"막부에서 관직을 받았던 닌자들이 낭인(浪人) 신세가 되었지. 그중 가장 실력이 좋은 자들을 안다네."

모리가 고개를 끄덕였다.

"천황가에 원한도 품었겠지요."

"자네들은 더 이상 알 것 없네. 이제부터 모든 일은 다 내가 하고 책임도 내가 지네. 자네들은 내가 죽으면 계획대로 이 나라를 세계 최고의 강국으로 만드는 데 노력해 주면 되네."

그들은 비장하게 서로를 바라보았다. 옳든 그르든 맹목의 신념을 지닌 자들이 보이는 그런 눈빛이 교차되었다. 바깥은 칠흑 같은 어둠이 내린 지 오래였다.

9월 21일 밤 12시. 한성 덕수궁

"적의 황태자를 살려 보내선 안 됩니다."

분노한 사내의 음성이 궁내의 정적을 깨트렸다. 이런 소리가 나서는 안 되는 장소와 시각이었다. 일본의 강요로 지난달 아들 척(순종)에게 제위를 물려주고 태황제로 물러난 고종은 이곳 경운궁(慶運宮)으로 거처를 옮겼다. 새 황제는 아비의 장수를 빈다며 궁의 이름을 덕수궁(德壽宮)으로 개칭하였다. 모두가 잠든 시간, 야심한 시각에 사람들이 태황제의 거처에 모여 있었다. 불빛이 새어나갈까 커튼을 치고 입시(入侍) 중인 궁인들도 모두 물리친 뒤였다. 원탁에는 세 사람이 앉아 있었다. 한때 대한제국의 황제였던 고종과 정체를 알 수 없는 사내와 역시 정체 모를 여인이었다. 사내는 이제 쉰쯤 됐을까? 궁에는 어울리지 않는 평복을 입고 있었다. 평복이라 해도 한복도 아니고 양복도 아닌 그저 그가 하는 일의 용도에 맞춘 듯한 그런 복색이었다. 반면 여인은 화려한 깃털로 장식한 모자를 쓰고 잘록한 허리를 강조한 세련된 초록색 양장을 입고 있었다. 붉은 입술을 지닌 그녀는 삼십인지 사십인지 나이를 가늠하기 어려운 미인이었다.

사내의 단호한 말에 여인이 뒤를 이었다.

"적의 황태자를 이 땅에서 죽이면, 대한제국은 문을 닫아야 합니다. 이토가 왜 이 시점에서 이런 일을 벌이겠습니까?"

고종은 눈을 감고 있었다. 양위한 지 한 달이 되었을 뿐인데 부쩍 늙어 보였다.

"짐의 생각으로는 황태자가 무사히 귀국해도 이 나라는 망한다고 본다."

"그러하옵니다. 익문사에 맡겨주십시오. 신명을 바쳐 완수하겠나이다."

여인은 한숨을 쉬었다. 사내들은 언제나 이랬다. 앞뒤 계산도 없이 일단 저지르고 나면 이제 그 뒤탈은 누가 막아줄 것인가?

"익문사도 이제 세간에 많이 노출되었습니다. 정말 죽여야 한다면 저에게 맡겨주십시오."

눈을 지그시 감은 고종은 생각에 잠긴 듯했다.

동서고금, 어느 시대건 왕에게는 친위대가 있었다. 공식적으로도 있었지만 그보다 훨씬 강력한 것은 비공식적으로 운영되는 비밀 조직이었다. 고려의 왕들도 그랬고 조선의 왕들도 그랬다. 왕은 언제나 권신들을 통제해야 했다. 왕의 비밀 조직에 의해 그들의 일거수일투족이 감시되고 보고되었다. 언제든 어디에든 그들이 존재했지만 그들의 존재는 실로 가늠키 어려웠다. 때로는 내시가 때로는 거지가, 아니면 전국을 떠도는 보부상이 그들일 수 있었다. 그들은 오직 왕명으로만 움직였고 그들이 벌인 일은 결코 법으로 처벌받지 않았다. 왕과 함께 정사를 논의하는 자리에 나가는 정도의 벼슬아치라면 누구든 그들의 감시망을 벗어나지 못했다. 당파 싸움이 거세지면서 왕은 더욱더 어느 파벌에도 속해 있지 않은 수하들이 필요했고, 과거를 통하지 않더라도 신분에 상관없이 왕에 대한 충심과 재능만 있으면 발탁하였다. 자신들이 이 나라를 좌지우지하고 있다고 믿는 권신들은 차마 몰랐다. 허수아비라 생각했던 왕이 실은 그들의 머리 꼭대기에 있었다는 것을. 그저 허허 하면서 자신들의 생각대로 움직여 주는 것 같았지만 정보를 쥐고 있는 왕은 언제나 결정적인 순간이면 철퇴를 내리곤 했다. 왕은 만백성의 아비요 일국의 지존이지만 그보다 조선의 가장 강력한 비밀 조직의 수장이었다. 왕이 어리면 대비가 수장이 되고 대비가 중립적이지 못하면 전대(前代) 왕의 고명을 받은 대신이 수장이 되었다. 그리고 지금, 조선 역사에서 한 번도 겪어보지 못한 격랑의 시기가 찾아왔고 이들은 더욱 바빠졌다. 왕은 더 이상 신하도 군사도 믿을 수가 없었다. 오직 자신의 친위대에 의존할 뿐이었다. 그 덕에 비밀스러운 그들의 행적이 조금씩 밖으로 드러나기도 했다. 대신들이 모이는 장소마다 왕의 그림자들이 감시를 하고 있어 일을 제대로 할 수 없다는 소문도 돌았다. 그래서 그들은 일부 조직을 공식적으로 노출하기도 했는데, 그것이 바로 '제국익문사(帝國益聞社)'이다. 하지만 그것은 아주 일부의 조직이었을 뿐이다. 그들은 감시 대상을 추적하는 일을 한다고 알려졌지만, 그것도 빙산의 일각일 뿐, 그 외의 일들은 역시 수면 밑으로 철저히 숨겨져 있었다.

고종이 눈을 떴다. 이럴 때 그의 눈은 아직도 상대를 누르는 위엄을 간직하고 있었다.

"수국부녀회(守國婦女會)가 나서겠는가?"

"그러하옵니다. 가능한 이 나라에 해가 되지 않는 선에서 해결하겠습니다."

익문사의 사내가 비웃었다.

"어찌 하면 그럴 수 있겠소?"

"그들의 잘못으로 인한 사고사를 만드는 거지요. 아니면 차마 사인을 밝힐 수 없는 추문 속에 죽는 겁니다. 그러면 자연사로 위장하겠지요."

잠시 침묵이 흐른 뒤 고종이 윤허했다.

"수국부녀회를 믿겠다. 익문사는 전력을 다해 도우라."

수국부녀회는 원래 왕의 친위대 소속 여성 부대였으나 조대비 때부터 특수임무 조직으로 강화되고 활성화되었다. 풍양 조씨로 안동 김씨의 세도 정치에 맞서던 조대비는 여성 궁인들을 보강해서 별도의 조직을 만들어 자신을 보좌하도록 한 것이다. 그러다가 명성황후 민 씨에 이르면서 조직은 더욱 크게 확장되고 '수국부녀회'란 이름을 쓰게 되었다. 구성원은 궁인, 기생, 여성 무관, 신식학교 교사, 서양 선교사 부인까지 망라하였다. 대원군과 일본에 대항하는 것이 주요 임무였다. 수국부녀회는 익문사에 비해 동선의 비밀이 훨씬 더 강력하게 유지되었는데, 이는 근거지가 지방에 숨어 있어 노출이 되지 않았고 자금 역시 궁이 아닌 황후의 개인 금고와 금광 등에서 나왔기 때문이었다. 명성황후가 시해된 을미사변 이후 수국부인회는 고종의 휘하로 들어왔다. 조직의 최고 목표는 황후의 죽음에 대한 복수였고 신여성의 양성과 봉건적 가부장제의 타파가 행동 강령이었다.

　모임이 끝나고 고종은 하직 인사를 하는 익문사의 수장을 잠시 불렀다.

　"수국부녀회는 아직 역사가 일천하여 경험이 부족하니 막중한 임무를 맡기엔 부족합니다."

　"나도 안다. 하지만 본시 이런 일은 이중 삼중으로 대비해야 하는 법이다. 섭섭해할 필요 없다. 짐은 두 가지 다 염두에 두려 한다."

익문사의 수장이 허리를 숙였다.

"만일의 사태에 대비해 그대들도 준비하도록."

추석을 하루 앞둔 만월(滿月)은 저리도 휘영청 무심히 밝은데, 고종의 얼굴에는 수심이 그득했다. 검은 구름이 달을 가리며 흘러가고 있었다.

2부. 모여드는 사람들

함경도 포수 홍달식

"탕~~"

"타~~~~앙"

끝없이 펼쳐진 침엽수림에 총성이 울렸다.

놀란 새들이 후드득 날아가고 이어 침묵이 흘렀다. 숲은 어두웠다. 하늘을 가리며 치솟은 나무들은 햇살을 아주 조금만 땅까지 내려보냈는데, 어느새 밤이 오고 있었다.

그 순간 홍지명은 분명히 들을 수 있었다. 온 숲이 술렁이고 있었다. 이산에 살아 있는 모든 생명체들은 아까부터 숨죽이며 기다리고 있었던 것이다.

노호(老虎). 그 짐승은 이곳의 주인이었으며 이미 생명의 한계를 초월한 영물(靈物)이었다. 십여 년 세월을 이곳의 산신령으로 군림하면서 놈은 거칠 것이 없었다. 황소를 물고 오 척 담을 넘어갔다고도 하고, 집채만 한 곰을 단숨에 물어 죽였다고도 했다.

매년 호랑이 가죽을 조정에 바쳐야 하는 함경도 포수들이었지만 노호는 건드리지 않았다. 존중하는 마음도 있었겠지만 포수들에게도 놈은 위험한 존재였다.

"이상하지비. 분명히 낭(낭떠러지) 저짝 어랑(산골)에 있는 걸 확인했는 데서리 발써 내 앞에 나타나지 않았슴등."

포수들은 그 짐승이 보통 영물이 아니라 했다. 그래서 가능한 노호의 영역으로 들어가지 않았다. 삼 일 전 노호가 지명의 사촌 형을 물어 죽이기까진 그의 아버지도 그랬었다. 지명의 사촌 형은 포수도 아니었다. 산중 마을의 아이들을 위해 서당을 열었던 책상물림의 연약한 선비였던 그를 노호는 보란 듯 한낮에 마을로 내려와 물어 죽이고 시신을 물고 사라졌다. 서당 훈장은 도망칠 수도 있었으나 놀라 얼어붙은 아이들을 지키려다 변을 당했다.

"가지비!"

지명의 아버지는 몇 년 동안 묵혀두었던 화승총을 꺼내 기름을 쳤다. 환갑을 지나면서 더 이상 사냥을 하지 않겠다고 다짐한 노인이었다. 함경도에서 그의 이름을 모르는 사람은 없었다. 지명의 고고조부는 대호(大虎) 다섯 마리를 잡아 조정에 바친 공으로 절충(折衝)의 벼슬을 얻었고, 고조부는 열 마리를 바쳐 가선대부(嘉善大夫)의 벼슬을 얻기도 하였다. 지명의 아버지 또한 그 이상을 조정에 바쳤는데, 그는 어떤 벼슬도 마다한 채 이 궁벽한 산을 끝끝내 내려가지 않았다.

"홍달식이래 나오면 호개(호랑이)도 도망가지 않니."

"홍달식이 화승총이래 빗나가는 법이 없지비."

휴가차 집에 머무르던 지명은 채비를 갖추고 따라나섰다. 지명 역시 총을 메고 있었지만 오늘 그의 역할은 창을 잡은 몰이꾼이었다. 짐승을 몰기도 하지만 사람 키보다 긴 창을 이용해 포수가 조준할 때까지 지켜주는 일이 주요 임무였다.

"노호는 사람을 공격하지 않는다던데 다른 호랑이가 아닐까요?"

"무시기, 귀 하나가 찌그러진 걸 어르나(아이)들이래 분명히 봤다 했지 않았니? 그 귀는 내사 몰이꾼우르 할 때, 찌른 게 맞지비. 니 할바이가 그때 큰 부상을 당해서리 시름시름 앓다가 돌아가셨지 않았니?"

"그럼 왜 그때 놈을 잡지 않으셨어요?"

"그땐 우리래 잘못 했지비. 그 호개래 영역에 들어갔지 않았겠니. 그때 니 할바이가 그 호개래 암컷을 죽였지 않았겠니. 조정 간나새끼들이래 호피를 바치라꼬 우찌나 재촉이 심한지. 그래서리 무리를 했었지비."

"그럼 조부님이 노호에게 당한 첫 번째 희생자였군요."

"그렇지도 않지비. 니 할바이는 내내로(언제나) 명사수였슴메. 그느마마빡에 혼소바루(똑바로) 총아르 박았지 않았니. 근디 총아르 맞고도 그느마가 달려들어서리 일격에 아바지를 자빠뜨렸지 않았니. 내사 겁에 질리가 낭그(나무) 뒤에 숨어서리 창으로 날래 찔렀지만 빗나가서리 그느마 귀 한 쪽만 찢어졌지 않았니. 그런데 이상한기…… 그느마가 자빠진 우리래를 보고서리 걍 한 번 포효하더마 그냥 돌아서지 않았슴?"

"어떻게 그럴 수가 있지요?"

노인은 한동안 말이 없었다.

"그느마가 우리래 오시럽게(가엾게) 여긴 것일 수도 있고 아니믄 그느마도 큰 부상을 입었으이 더 싸울 수 없는 상황이었을 수도 있지비. 늠이 떠난 뒤에 핏자국이 기다랗게 이어진 것을 봤지 않았겠니?"

두 사람은 묵묵히 산을 올랐다. 세 개의 봉우리를 넘어야 노호의 영역이었다.

"그런데 왜 노호가 산을 내려왔을까요?"

"그 호개도 이제 늙었지비. 더 이상 쌩쌩한 즘생(짐승)들을 잡을 수 없게 되었지 않았겠니?"

노인은 숨이 찬지 잠시 쉬었다. 지명은 아버지의 다리가 후들거리고 있

68

다는 것을 진작부터 알고 있었다.

"어쩌면 내래 죽여달라고 부탁하는 건지도 모르지비."

노인이 빙그레 웃었다.

"이 흉한 세상이래, 이제 그느마나 내나 떠날 때가 되었지 않았슴?"

"왜 그리 약한 말씀을 하세요."

"아이지비. 한뉘(평생) 다른 즘생을 죽여 살아왔슴메. 죄 값은 저짝에 가서 받겠지만 이짝에서도 편케 살다 죽는 건 포수의 팔자가 아니지비."

지명은 고개를 떨궜다.

'하지만 지금 세상에는 짐승보다 못한 자들이, 짐승이 아닌 사람의 생명을 유린하는 자들이 활개치고 있지요. 잔인하고 잔악한 자들이 위세를 떨치는 세상입니다. 위선과 위악이 온 세상을 덮었습니다. 그래서 저는 짐승 대신 그자들을 사냥하기로 결심한 겁니다.'

지명은 기억하고 있었다. 지난여름 시위대가 강제 해산될 때, 마구 총질하던 일군(日軍)의 뒤에 숨어 있던 자들을. 황제를 겁박하여 퇴위시키고 백성들의 시체 위에서 축하연을 벌이던 친일파들을.

그들이 산봉우리를 올라 노호의 영역으로 들어갔을 때는 이미 저녁이었다. 석양이 뉘엿뉘엿 지는 시간은 포수들에게 불리했다. 하지만 노인은 아들의 만류를 뿌리치며 계속 전진했다.

"아버지, 이제 조금 있으면 어두워집니다. 조준을 할 수 없어요."

노인은 완강했다.

"무시기, 늠이나 내나 더 시간을 끌어봤자 좋을 거 없슴메. 글카고⋯⋯"

노인이 아들을 향해 돌아보며 진지한 표정으로 말했다.

"조준은 태양 빛으로 하지 않슴⋯⋯.

"예?"

"빛은 호개의 눈빛만으로도 충분하다 하지 않았슴?"

삼백 년 전 왜군이 함경도로 밀고 들어왔을 때, 함경도의 조선인들은 경악했다. 그들의 조총은 벼락 같은 소리와 함께 곰이나 호랑이 같은 맹수들을 손쉽게 쓰러뜨렸던 것이다. 그때부터 함경도의 사냥꾼들은 포수가 되었다. 일본군이 남긴 조총을 뜯어보고 총의 원리를 깨우치고 스스로 총을 만들고 납을 녹여 총알을 만들었다. 비록 거친 끈으로 얼기설기 매여진 볼품없는 총이었으나 그들의 조준은 빗나가지 않았다. 그 덕에 조정에서는 군사를 동원할 일만 생기면 포수들을 징발했다. 함경도 포수 없이는 싸우지 않

70

겠다는 게 당시 장수들의 유행어가 되기도 했다.

"저기!"

바위 위에 시신이 있었다. 노을 속에서 사촌 형의 시체는 온통 붉은 빛으로 덧칠한 깃발처럼 바위에 걸쳐져 있었다.

"잘 보이라고 저기에 두었슴둥."

노인은 쓴 웃음을 지었다.

"준비하라우. 느마는 근처에 있슴메."

두 사람이 조심스럽게 바위 위로 접근할 때였다. '그르릉' 공기를 누르듯 가르는 무겁고 나직한 울음소리가 들렸다. 그것은 지진의 한복판에 갇힌 듯한 공포를 불러일으키는 소리였다. 아무리 담대한 사람이라도 그 소리를 듣고 움직일 수는 없을 것 같았다. 하지만 이들 부자는 대대로 함경도 포수의 가문을 이어온 사냥꾼의 후손들이었다. 조금의 동요도 없이 침착하게 바위 위로 전진했다.

"크릉!"

순식간에 벌어진 일이었다. 바위 너머에서 호랑이가 모습을 드러내는가 싶더니 쓰나미가 몰려오듯 허공을 가르며 두 사람을 덮쳐오고 있었다. 지명은 단단하게 몸으로 지탱한 채 창을 내밀었고 노인은 총을 겨누었다. 한 번도 보지 못한 거대한 파도가 몰려와 덮치는 순간인데 오히려 침착한 모습의 아버지를 보면서 지명은 이 모든 순간이 현실이 아닌 듯했다.

"탕!"

아버지의 총구에서 불이 뿜어졌다. 핏빛으로 물든 저것이 파도인지 하늘인지 지명은 분간하기 어려웠다.

한성으로

"이번엔 정말로 죽었슴메. 이느마가 아조 죽었슴메."

노인은 호랑이의 시신을 확인했다. 총알은 입을 통해 후두부를 관통했다.

"보래, 니 할바이의 탄환이 여기 있었슴메."

노인은 호랑이의 이마에서 상처를 찾아냈다.

"대구리 뼉다구(머리뼈)를 뚫지 못했슴메. 그날 아바지래 화약이 시원치 않았던 게지비……."

노인은 가쁜 숨을 몰아쉬며 주저앉았다.

"오늘은 여기서 묵고 내일 내려가야겠슴메."

"어디 편찮으세요?"

지명이 조심스럽게 아버지의 몸을 더듬었다. 호랑이가 공중에서 총을 맞았을 때, 추락하던 놈의 발이 아버지를 스치는 것을 보았던 것 같기도 했다. 아무래도 다친 게 아닌가 걱정스러웠다.

"무시기. 내사 일없슴메."

노인은 죽은 호랑이의 머리를 쓰다듬었다.

"…… 이보라우, 이제 내래도 갈 때가 된 모양임메."

그랬다. 지명이 나뭇가지를 모아 불을 지피고 담요를 꺼내 잠자리를 만들 때 노인은 혼이 빠져나간 인형처럼 축 늘어지기만 했다.

　"내사 니를 포수로 맨들지 않은 이유를 아니?"

　노인은 하나뿐인 아들을 보며 말했다.

　"니만은 지 명대로 살게 해주고 싶었지비. 니 이름이래 그래서 지명이지비."

　지명은 말없이 말린 고기를 굽기 시작했다.

　"우리 집안이래 대대로 사냥꾼이었지비. 핏줄을 거슬러 올라가면 여진족의 피가 더 많을 것임메. 하지만 조선에 귀순해서리 조선의 백성이 되었지비. 조선의 백성이나 대륙의 백성이나 사는 건 똑같지 않았슴메? 없는 자들은 가진 자들의 종이 되어서리 이래 살다 죽는 거지비. 나라에 전쟁이 있을 때마다, 조정에서리 우리래 징발해 갔지 않았니? 우리 조상은 강을 건너서리 아라사와의 전쟁에도 나갔고 배를 타고 온 양인들과도 싸웠지비. 이기면 지휘관들은 상을 받고 지면 다 죽어야 했지 않았슴메. 조선의 군사들은 패전하면 살아남을 수가 없었슴메. 그리 되면 고향에 두고 온 처자식이래 다 처형당하지 않았겠니? 무엇 하나 해준 것도 없이 그느마들 우리래 목숨을 함부로 굴렸지 않았니? 총도 탄알도 우리래 맨들고 전쟁에 나가면 식량도 우리래 충당했지비. 전쟁이 끝나면 뭐하겠슴 계속 모피를 바치라고 못살게 굴었지 않았니?"

노인은 힘이 부치는지 아들이 주는 물도 다 마시지 못했다. 달이 뜨고 있었다. 반달이었다. 부엉이 우는 소리만 들릴 뿐, 주인이 사라진 산은 고요했다.

"니만큼은 그러지 않기를 바랬지비. 산을 내려가 공부를 해서리 끌려가는 자가 아닌 끌고 가는 자가 되기를 바랬지비. 하지만 니래 선비가 아니라 군인이 되는 길을 택했슴메."

"죄송합니다. 남자로 태어나서 이 어두운 세상에 총을 잡지 않을 수가 없었어요."

"그래, 그기 니사 주어진 팔자겠지비. 하지만 말이지……"

노인은 쇠약해진 목소리로 말을 이었다.

"정말 이 나라가 니래 충성을 바칠 가치가 있는 거임메?"

지명은 대답할 수가 없었다. 탁탁 나무가 타는 소리만 울릴 뿐이었다.

"나라라는 기 에미네들은 잡아가 노리개로 맨들고 스내이(사내)들은 쌈

터에 보내 구신으로 만드는데 니래 무슨 연유로 이 나라에 충성을 다하려는 거임메?"

"아버지의 아버지, 할아버지의 할아버지까지⋯⋯ 왜 이 험한 산에서 산 것인데요? 넓고 편한 땅 놔두고 이 험한 산을 내려가지 않았는데요? 그게 터전이었으니까. 첩첩산중 아무리 험해도 아버지의 삶이고 아버지의 터전이었으니까. 그런데 지금 온 백성의 터전인 나라가 사라지려고 하니까. 나라가 통째로 오랑캐들에게 먹히게 생겼으니까. 임금에 충성하려는 것도 아니고 나라에 충성하려는 것도 아니지요. 나라를 뺏기면 이 산도 뺏기고 지금까지 살아온 모든 게 사라지는 것이니까. 그래서 싸우려 하는 겁니다. 포수의 자식으로 태어나 총질은 누구보다 자신 있으니까. 짐승 대신 저 역도들을 사냥하려는 겁니다. 이것이 임금에 대한 충성이라면 충성이고, 나라에 대한 충성이라면 충성이겠지요. 아버지보다 할아버지들보다 좀 더 큰 포수가 되려는 겁니다."

노인은 희미하게 웃었다.

"간나새끼래 말은 잘하는구만. 내래 기딴 나라는 중요하지 않지비. 고조 식구들과 이 산과 어랑(산골)이 다일 뿐이지비. 니 뜻대로 하라우. 내사 이제 틀렸지비. 이제 가야겠음메. 내사 바라는 건 재우(단지) 하나뿐임메. 나라도 좋고 충성도 좋지만 니래 한 목숨 잘 보전해서리 살아남아야 하지 않겠니. 충성도 살아야 하는 거임메⋯⋯.”

저 멀리 동이 터오는데 까악까악 갈가마귀 떼가 나무 위에서 울고 있고, 어스름 속에서 지명은 나란히 누워 있는 두 돌무덤을 쓸쓸히 내려다보고 있었다. ‘노호와 노포수. 평생 이 산 하나를 두고 자웅을 겨루었는데 과연 누가 이기고 누가 진 것일까.’

지명이 산을 내려와 집에 돌아왔을 때 마루 기둥에 쪽지가 묶인 화살이 꽂혀 있었다. 붉은 글씨, 한성으로부터 온 것이었다. ‘급회(急回)’.

활활 타오르는 집. 대대손손 살아온 집이었지만, 이제 다시는 돌아오지 않을 것이었다. 불길을 뒤로한 지명의 손에는 아버지가 쓰던 화승총이 들려 있었다.

인과응보

그 집은 아흔아홉 칸 대갓집의 풍모를 간직하고 있었다. 아니다. 예전에는 화려했을지 몰라도 지금은 아니었다. 고색(古色)은 그대로나 창연(蒼然)은 사라진 지 오래였다. 담은 허물어져 대문은 제 소임을 못하고, 청지기가 기거했을 방도 불타버렸다. 십오 년 전 임오군란 때 봉기한 병사들의 습격을 받은 민씨 일가의 저택이라 했다. 주인은 살해당하고 집은 약탈당했으니 식솔들은 뿔뿔이 흩어져 지금은 흉가가 되고 말았다. 밤이면 여인의 우는 소리가 담을 넘어 온다는 흉흉한 소문마저 돌았다.

통행이 끊어진 야심한 시각에 그곳을 찾은 두 사람이 있었다. 일본 무사의 복장을 하고 크고 작은 칼 두 개씩을 찬 사내들이었다. 그들이 대문을 지나 안마당으로 접어들었을 때 때마침 바람이 획 지나가면서 열려져 있던 안방의 문이 덜컹 하는 소리를 냈다.

"으스스하군. 금방이라도 귀신이 나올 형상이야. 정말 여기 미인이 있다는 건가, 야마다?"

한 사내가 목을 움츠리며 속삭였다.

"글쎄, 틀림없이 이곳으로 들어가는 걸 이 두 눈으로 확인했다니까."

야마다라 불린 사내가 대답했다.

"그런 미인을 놓칠 수는 없지. 암. 자네도 보면 놀랄 것이야."

야마다는 그날 오후 한성부 종로 길을 걷다가 한 여성과 부딪쳤다. 조선 전통의 쓰개를 뒤집어 쓴 여인은 거리 풍경을 구경하다가 주의를 잃은 듯 야마다의 어깨에 살짝 부딪혔던 것이다. 살짝 균형을 잃은 여인의 얼굴이 드러난 순간, 얌전하게 쪽진 머리와 검은 눈썹 그리고 붉은 입술의 이목구비가 그의 눈을 잡아끌었다. 여인은 황급히 다시 얼굴을 가리고 종종걸음으로 사라져 갔지만 야마다는 마치 번개를 맞은 것처럼 정신이 없었다. 귀신에 홀린 듯 그녀의 뒤를 쫓기 시작했다. 여인은 골목으로 접어들더니 무너진 기와집으로 들어갔다. 마당에 들어선 그녀가 쓰개를 내리는 순간, 저녁놀에 붉게 비친 그 모습은 사람이 아닌 다른 세상의 존재 같았다. 지상으로 내려온 천사가 있다면 바로 저 모습일 듯했다.

이 야심한 밤에 야마다가 바깥출입을 꺼려하는 동료를 끌고 오다시피 하여 이곳에 온 것은 그녀를 다시 보지 않고는 도무지 배길 수 없는 욕정 때문이었다. 그것은 물리칠 수 없는 자력(磁力)이었다. 사실 야마다는 낭인이 아니었다. 나라를 위해 조선으로 건너와 낭인 행세를 하고 있지만 그는 구마모토에서도 알아주는 가문의 자제이며, 제국의 최고 명문인 도쿄대 학생

이기도 했다.

"어쩐지 불길한 기분이야."

동행한 사내가 투덜거렸다. 약간 서툰 발음의 일본어를 구사하는 그는 지난 십여 년 동안 일본 영사관에 칩거한 채 지냈으며 밖으로 나오는 일이 거의 없었다. 친구인 야마다의 성화에 못 이겨 끌려 나오기는 했으나 조선의 밤은 그에게 도무지 불편했다. 기억하고 싶지 않은 과거와 죄책감이 그를 괴롭히고 있었던 것이다.

"쉿, 저쪽에 불빛이 보인다."

야마다가 손짓했다. 그곳은 후원의 별당이었다. 저택은 온통 불타고 부서져 폐허가 되었지만 후원만은 멀쩡했다. 그곳에서 약한 불빛이 새어나오고 있었다. 두 사내는 조심스럽게 그곳을 향하기 시작했다. 한 걸음 한 걸음 은밀하게 접근하고 있는 두 사내는 지금 십여 년 전의 어떤 사건에 대한 기시감(旣視感)을 동시에 느끼고 있었다.

'그래, 그날도 이런 식으로 시작되었지.'

야마다가 먼저 별당의 쪽마루를 포복하듯 올랐다. 다행히도, 그에겐 정말 다행히도, 문을 바른 창호지에 작은 구멍이 뚫려 있었다. 구멍을 통해 안

80

을 들여다본 그는 하마터면 소리를 지를 뻔했다. 그곳에 바로 그 여인이 있었다. 얇은 속옷차림의 여인은 긴 머리를 비스듬히 빗으며 화문(花紋) 경대(鏡臺)를 들여다보고 있었다. 비스듬한 물매 너머 드러난 하얀 어깨와 긴 목덜미, 속옷 속으로 비치는 어렴풋한 속살, 활처럼 휘어 흐르는 허리와 둔부의 곡선이 촛불을 따라 흔들렸다. 어떤 사내가 따라 흔들리지 않을 것인가. 천사가 아니라면 요물이었다. 어느 사내가 있어, 황진이를 마다한 화담인들 미치지 않고 배길 수가 있겠는가.

동료가 어깨를 잡으며 말리려 했지만 이미 야마다의 발은 문을 걷어차고 있었다. "야마다!" 하지만 이미 엎지른 물이었다.

옷을 챙겨 입을 새도 없이 여인은 비명을 지르며 구석으로 피해 앉았다. 가까이서 마주한 여인의 얼굴은 글자그대로 조각 같았다. 구마모토에서도 도쿄에서도 지금까지 야마다는 이런 미인을 본 적이 없었다.

"놀라지 마라, 나는 대일본제국의 무사이다."

야마다는 능숙하게 조선말을 했다. 바다를 건너온 세월이 십오 년이니 그럴 만도 했다. 여인은 품에서 은장도를 꺼내 당장이라도 자신의 목을 긋겠다는 듯 자세를 취했다.

"이 무도한 오랑캐 같으니, 가까이 오지 마라."

그런 모습이 야마다의 눈에는 오히려 청초해 보이기만 했다.

'계집들이란······'

야마다는 손가락을 움직여 칼집에서 칼을 빼는 시늉을 했다.

"아씨, 순순히 말을 듣지 않으면 생명이 위험합니다."

　뒤를 따라 들어온 야마다의 동료가 야마다의 손을 잡으며 여인을 구슬렸다.

"네놈은 조선 사람이구나. 그런데 어찌 왜인의 복색으로 왜인과 함께 이런 만행을 저지른단 말이냐!"

하얗게 질린 듯했지만 여인의 어조는 매서웠다. 그 말의 품새로 보아 아랫것들에게 하대를 많이 해본 반가의 여식 같았다.

"아씨, 세상이 변했습니다. 이제 일본이 이 나라의 주인입니다. 이 친구가 행색은 이래도 본국에서는 잘 나가는 집안에 공부도 많이 한 자이니 그만 칼을 놓으시고 차분하게 대화를 해보시지요."

"닥쳐라!"

여인은 조금 더 뒤로 물러나 벽에 등을 기댔다. 그 순간 속옷 아래로 하얀 종아리가 드러났다.

"말로 해서는 안 되겠네. 잠깐 나가 있게. 방해하는 자가 없도록 망도 봐주고 말일세. 그저 조선 계집들은 행동으로 보여줘야 고분고분해진다니까."

동료가 나가자 야마다는 무슨 속셈인지 무릎을 꿇더니 칼을 풀어 옆에 내려놓는 것이었다.

"자, 나는 이제 무기도 없소. 그러니 우리 말로 합시다."

그 틈이었다. 야마다가 칼을 풀어 바닥에 내려놓는 그 짧은 순간 여인은 자신의 목을 겨누던 장도의 방향을 바꿨다. 그리고 외마디 기합과 함께 야마다의 얼굴로 칼을 뻗었다. 하지만 그것이야말로 사내가 바라던 바였다. 태어나면서부터 칼과 함께 자라고, 평생을 칼과 친구로 살아온 일본인이 아니었던가. 여인의 팔을 잡아챈 야마다는 간단하게 여인을 제압했다. 쨍그렁 소리와 함께 단검은 바닥에 떨어지고 여인은 마치 야마다의 품에 안기는 모양새가 되었다.

파르르 떠는 여인의 얼굴이 야마다의 코앞에 있었다.

"호, 이래보니 더 미인인걸!"

여인은 벗어나려 몸부림을 쳤지만 그럴수록 얇은 속옷이 오히려 벌어질 뿐이었다. 반나(半裸)가 된 여인의 젖가슴이 불빛에 그 윤곽을 드러냈다. 야마다는 여인의 흰 목덜미를 개처럼 핥기 시작했다. 이상한 일이었다. 여인의 몸부림이 멈춘 것이었다. 야마다는 의심스러운 눈으로 여인을 살폈다. 체념이라도 한 것일까. 여인은 눈을 감은 채 신음을 내듯 입을 벌리고 있었다. 마치 사내의 손길을 간절하게 바라기라도 한 것처럼.

'그러면 그렇지. 내숭이야말로 조선 계집들의 진짜 매력이라니까.'

야마다는 여인을 들어 올려 이불에 눕혔다. 상에 올려진 도미 회처럼 여인은 더 이상의 미동도 없었다. 야마다는 속옷 치마를 걷어 올렸다. 하얀 여인의 속살이 그의 눈을 어지럽혔다. 흥분하여 어찌할 줄 모르는 소년처럼 사내는 여인의 몸에 올라탔다. 두 손으로는 여인의 얼굴을 감싸 쥐고 아랫배로 여인의 몸을 누르며 조금씩 여인의 다리를 벌렸다.

"내 말만 잘 들으면 아무 일도 없을 거야."

그의 입술이 여인의 붉은 입과 겹쳐질 때도, 그의 혀가 여인의 입속을 파고 들 때도, 여인은 가만히 있었다. 모든 움직임을 멈춘 여인은 무심한 표정으로 눈을 뜨고 있었다. 그 눈을 보면서 야마다는 잠깐 움찔했다. 불빛에 반

84

짝이는 그 검은 눈동자가 문득 별처럼 보였다. 고향의 밤바다에 뜬 별빛 같았다.

밖에서 망을 보던 야마다의 동료는 조바심이 나기 시작했다. 벌써 시간이 꽤 지났는데 방에서는 아무런 기척도 없었다. 이런 일은 빨리 해치우고 떠나지 않으면 반드시 동티가 나는 법이다.

"야마다! 어서 가세!"

재촉했지만 방에서는 여전히 아무 기척도 없었다. 사내는 더 기다리지 못하고 문을 열고 안으로 들어갔다. 그리고 보았다. 벌거벗은 야마다가 벽에 기댄 채 앉아 있었다. 한 손으로는 목을 감싸고 있고 한 손으로는 여인을 가리키고 있었는데, 자세히 보니 하복부에는 선혈이 솟구치고 있고 목은 길게 그어져 경독맥이 끊어진 듯 꺽꺽거리고 있는 것이었다. 여인은, 여인은 가슴이 풀어헤쳐진 반라의 모습으로 야마다의 칼을 들고 있었다. 그런데 이상했다. 그 모습이 너무 익숙했다. 그리고 보니 사내가 검술을 배울 때 익혔던 무예도보통지(武藝圖譜通志)의 기수식(起手式)이었다.

"너?"

순간 여인의 검이 허공을 가르는가 싶더니 사내의 다리를 베었다.

"허억!"

미처 발검을 하기도 전에 그는 방바닥을 나뒹구는 신세가 되었다.

"네놈은 십이 년 전의 참혹했던 일을 기억하느냐?"

사내는 피범벅인 채로 균형을 잡으려고 애썼다. 하지만 이내 여인의 검이 다시 그의 어깨를 찔렀다. 그는 사지가 제압되어 움직일 수가 없었다.

"십이 년 전?"

"그렇다, 나는 네놈들이 궁에 침입했던 신미년에 그곳에 있었다. 네놈은 조선인이면서도 왜구들의 길잡이를 하며 황후마마를 찾았지. 네놈만 아니었어도 황후께서는 무사히 피신하실 수 있었다."

"넌, 넌 누구냐?"

"그때 황후마마의 행방을 물으며 네놈이 고문했던 궁녀를 기억하느냐?"

여인은 머리를 들어 올려 목에 깊이 새겨진 흉터를 보여주었다.

"이것을 보고도 모르겠느냐, 이 더러운 매국노!"

사내는 오랜 시간 묻어두었던 그날의 일이 떠오르기 시작했다. 그는 원래 조선의 군인이었다. 별기군에 속해 대우도 나쁘지 않았다. 하지만 심심풀이로 들른 도박장에서 거액의 빚을 지면서 일본에 포섭되었다. 궁을 수비

86

하던 경험이 있어 궁의 지리를 잘 알았던 터라 명성황후 습격 때 향도(嚮導)를 맡았던 것이다. 조선말이 서툰 일인을 대신해 궁녀를 심문하는 것도 그의 몫이었다. 여러 명의 궁인들을 심문해서 황후를 찾았지만 모두 입을 다물었다. 일인들의 무자비한 칼이 춤을 추었지만 죽이고 또 죽였지만 입을 여는 궁녀는 없었다. 결국 가장 어려 보이는 궁녀를 잡았다. 하지만 그 아이 역시 요지부동이었다. 그녀를 베려고 일인이 칼을 치켜드는 순간, 안쪽에서 여인의 음성이 들렸다.

"멈춰라. 나는 여기 있다!"

그 일이 있은 후 그는 일본으로 귀화하여 일본인으로 살았다. 조선 백성들의 보복이 두려워 영사관 밖 출입도 거의 하지 않았다. 하지만 사필귀정이라 했던가. 인과응보라 했던가. 십이 년 만에 그는 지금 독안에 든 쥐처럼 심판의 장에 선 것이다. 서슬 퍼런 단두대가 그를 기다리고 있는 것이다.

"그때 너를 죽였어야 했는데……"

일이 끝난 뒤 궁에는 궁녀들의 시신이 산처럼 쌓였다. 그곳에 그 어린 궁녀가 있었는지 없었는지 알 수 없는 노릇이었다. 분명한 것은 목격자를 없애기 위해 일인들은 눈앞에 보이는 모든 사람을 죽였다. "죽은 자는 말이 없느니, 살아 있는 것은 모두 죽여 입을 막아라!" 그것이 그날 떨어진 일본 공사 미우라의 지시였다. 지금 피 흘리며 죽어가고 있는 야마다 역시 그날 함께한 동료였다. 일본의 지령으로 조선으로 잠입한 야마다는 친일 신문인 한성신보의 기자로 일하다가 낭인 복색으로 사장인 아다치 켄조와 함께 합류했던 것이다. 물론 그들은 겉으로는 민간인이었지만 사실은 일본 육군 소속의 정보원들이었다.

"왜놈은 제 나라를 위해 그랬다지만, 네놈은 나라를 팔고 제 나라를 향해 칼을 들었으니 역적이렸다. 내 오늘 너를 처단하여 그분의 영전에 바칠 것이다. 그러니 그분께 가서 내 이름을 똑똑히 고해야 할 것이야. 민재영이 보내서 왔다고 말이야."

사내는 씁쓸한 웃음을 지었다.

"그대의 이름이 민재영이었구나. 그래, 죽여라. 나도 더 살고 싶은 마음은 없다. 지난 십이 년간 하루도 편히 잔 날이 없었다. 내 죽은들 그날의 죗값을 다 치르지는 못 하겠지만 어서 죽여다오. 미안하다. 그날의 일도 미안하고, 연약한 여인에게 이런 험한 일을 시키는 것도 미안하구나."

구사일생

"황후마마, 이제 두 원수를 처단하였습니다. 아직도 많은 흉수들이 남아 있지만 제가 기필코 하나씩 찾아내어 처단할 것입니다."

민재영은 두 사람의 시신을 나란히 눕히고 '을미흉적'이라는 표식을 가슴에 올려놓았다.

황후가 시해되던 날의 기억은 여전히 생생했다. 민재영은 원래 춘천 관노(官奴)의 딸이었다. 여덟 살이 되던 해 부모는 전염병으로 죽고 춘천 유수(留守)가 데리고 있었다. 춘천 유수는 민씨로 황후의 친척이었는데 임오군란 때 도피 생활을 하고 있던 황후에게 '아이가 총명하여 시종으로 쓰면 좋을 것'이라며 보냈다. 춘천 유수는 그 후 난리통에 죽고 황후는 똘똘하게 생긴 소녀를 귀여워하여 항시 데리고 다녔다.

지루한 도피 생활 중 소일 삼아 "이제 여자도 글을 알아야 한다"며 글을 가르쳤는데 아이가 금세 말귀를 알아듣고 문리(文理)가 통하니 더욱 귀여워하였다. 천자문을 떼자 황후는 '민재영(閔再榮)'이란 이름을 내렸다.

"민씨 가문을 다시 빛내는 사람이 되란 뜻이란다. 이제 한문은 그만 배우고 신학문을 공부하거라. 앞으로는 여자도 배워서 나라에 기여하는 세상이 올 게다."

환궁을 한 후에도 황후는 재영을 궁녀로 만들지 않았다.

"이 아이는 내 사가의 사람이니, 내가 곁에 두고 훈육할 것이야. 그러니 이 아이에게 일을 시키지 마라."

그리고 소녀를 양학당으로 보내 신학문을 배우게 하였다. 일본이 호시탐탐 그녀의 목숨을 노린다는 걸 황후도 잘 알고 있었다. 황후는 침전을 수시로 옮겼는데 항상 뒷문이 준비되어 있었다. 함께 자는 재영에게 "이 문갑을 치우고 밀면 문이 열린단다"라며 비밀 통로를 일러두곤 하였다.

을미년 10월 8일, 새벽이었다. 날도 새지 않은 네 시부터 궁이 소란스러워지기 시작했다. 놀라서 깨어 앉은 황후에게 상궁들의 급보가 이어졌다.

"왜놈들이 대한제국군 훈련대와 궁을 포위했습니다."

"제국 시위대가 막고 있으나 밀리고 있습니다."

"시위대장 홍계훈이 훈련대를 말리다 피살당했습니다."

"왜인들이 궁으로 난입하여 궁녀들을 잡고 황후마마의 거처를 묻고 있습니다."

황후는 전에도 이미 이런 급변을 당한 적이 있었다. 미리 대비한 대로 움직였다. 먼저 궁녀의 옷으로 갈아입고 상궁이 황후의 옷을 입었다.

"그럼 뒤를 부탁하이."

황후는 재영을 데리고 가장 깊은 곳에 있는 침전으로 갔다. 그곳의 문갑 뒤에 숨겨진 통로가 있었다. 황후의 옷을 입은 상궁은 궁녀들을 거느리고 반대쪽으로 움직였다.

"잡아라!"

칼을 든 흉적들이 사방에서 궁녀들의 머리채를 잡고 넘어뜨렸다.

"황후는 어디 있느냐?"

하지만 순순히 말을 하는 궁인은 없었다. 눈앞에서 칼을 맞아 죽어가는 동료들을 보면서도 아무도 입을 열지 않았다.

"독한 년들!"

낭인들은 사정없이 칼을 휘둘러 죽였다. 그리고 치마를 까뒤집어 아랫도리를 확인했다. 황후는 출산 경력이 있으니 그걸로 알아볼 수 있다고 사전에 교육받았던 것이다.

"저쪽이다! 황후가 달아난다."

황후의 옷을 입은 상궁이 부러 낭인들의 눈에 띄도록 대문 쪽으로 달려가는 것을 낭인들이 쫓아갔다. 그 모습을 보면서 황후와 재영은 반대편 마루로 뛰었다. 비명과 함께 황후복을 입은 상궁이 쓰러졌다. 그리고 누군가 외쳤다.

"아니다! 이년은 황후가 아니다!"

그때 민재영은 그자의 얼굴을 똑똑히 기억했다. 통로가 있는 방으로 황후를 먼저 들여보내고 재영은 부들부들 떨면서 입구를 지켰다. 문갑이 제법 무게가 나갔고 다른 것들도 치워야 해서 시간이 필요했다. 그 순간 낭인이 들이닥쳤다.

"이년, 황후는 어딨느냐!"

시퍼런 칼날이 목에 닿아 피가 흐르기 시작했지만 재영은 눈을 감은 채 아무 말도 하지 않았다. 조금만 더 참으면 황후는 피신할 수 있을 것이다. 내가 시간을 더 벌어야 한다. 그런데 방문 안쪽에서 황후의 쩌렁쩌렁한 목소리가 들렸다.

"그만! 그 아이는 놔주거라. 나는 여기 있다."

칼을 거둔 낭인이 급하게 방 안으로 뛰어 들어갔다. 문이 부서지는 소리와 함께 "윽" 하는 비명이 들었다. 재영이 놀라 엉금엉금 기어 들어가니 낭인이 쓰러져 있었다. 황후가 목침으로 낭인의 머리를 가격한 것이었다. 문갑 뒤의 문은 열려 있었다.

"어서 가거라."

재영은 아무 생각도 나질 않았다. 엉금엉금 기어 통로로 들어갔다. 그때 문이 닫히더니 황후가 말했다.

"너는 살아라. 반드시 살아서 이 원수를 갚아다오."

"아니 되옵니다. 황후께서 피하십시오, 여긴 제가 막겠습니다."

그러나 황후는 고개를 저었다.

"다시 또 도망치고 싶지 않구나. 여기서 나간들 이제 어디로 가겠느냐. 망국의 황후는 어디에서도 환영하지 않는단다. 네가 대신 살아 싸우거라. 저 왜놈들이 이 땅에서 물러갈 때까지. 꼭 살아 있거라. 춘천으로 가서 옥골을 찾아라. 거기 나의 안배가 있으니 너를 품어줄 게다."

재영은 통로를 달리다가 그만 혼절했는데, 깨어났을 때는 무언가 타는 냄새와 울음소리로 가득했다. 왜놈들이 증거를 없애기 위해 시체들을 태웠다는 걸 나중에야 들었다. 반대편으로 나오니 후미진 골목이었다.

"누구냐? 정지!"

총을 든 왜병이 저쪽에서 소리쳤다. 재영은 무작정 반대편을 향해 뛰기 시작했다.

"탕! 탕! 탕!"

총성이 천둥처럼 울렸다. 그래도 재영은 뛰었다.

"생존자를 남기면 안 된다. 잡아라!"

호루라기 소리가 들리고 사방이 시끄러워지기 시작했다. 어둠 속을 달리고 또 달려 재영은 마침 문이 열리는 집을 발견할 수 있었다. 그곳은 어학당에서 영어를 가르치는 선교사의 집이었다. 무작정 달려 들어갔다. 그녀가 들어감과 동시에 대문이 닫히더니, 양장을 한 여인이 피투성이가 된 재영에게 다가왔다.

"그래, 네가 죽지 않았구나. 다행히도 살았구나."

그녀는 양학당의 영어 선생이었다. 미국인과 결혼한 청국인이었는데 국적이 미국이어서 왜인들도 함부로 하지 못했다. 울고 있는 소녀에게 여인은 겉옷을 벗어 감싸주었다.

"울지 말거라. 넌 이제 너를 위해 죽은 사람들을 위해 살아야 한다. 그 길엔 더 이상 눈물 따위는 필요치 않을 게야. 너도 이제 싸우는 법을 배워 군인이 되어야 한다. 백 명의 사내를 이길 수 있는 전사가 되어라. 그렇게 되도록 수국부녀회에서 가르쳐 주마. 하지만 그전에 이곳을 먼저 탈출해야 한다.

지금 병원으로 가면 일본인들에게 들킬 테니 참아야 한다."

그제서야 재영은 묵직한 통증과 함께 자신이 총에 맞았다는 걸 알았다.

"총알은 어깨를 관통했다. 지혈을 시켜줄 테니 일단 몸을 피한 후에 치료하자."

그녀는 진통제라며 약을 주었다. 약을 먹자 몸이 나른해지면서 잠이 오기 시작했다. 재영은 잠꼬대처럼 중얼거렸다.

"마마께서 춘천 옥골로 가라……"

정신이 들었을 때는 마차 안이었다. 비단이며 무명이며 여러 종류의 피륙들이 가득차 있는 보따리들 속에 그녀는 교묘히 숨겨져 있었다.

진통제의 효력이 다한 모양이었다. 재영의 어깨로 타는 듯한 통증이 파고 들었다.

"멈춰라! 검문을 하겠다."

재영은 재빠르게 보따리들 안으로 더 깊이 들어갔다. 마차 문이 열리고 일본 헌병의 부릅뜬 눈이 이리저리 마차 안을 훑기 시작했다.

"대갓집 혼사에 쓸 옷감들입니다."

마부인 듯한 사내가 굽실거렸다. 갓을 쓰고 도포를 걸친 아전 행색의 사내도 거들었다.

"춘천 유수부의 물건이요. 어서 길을 여시오."

다행히 일본 헌병은 재영을 발견하지 못했고 마차를 통과시켰다. 얼마나 흘렀을까. 재영이 밖을 살펴보니 익숙한 강이 보이는 게 춘천에 다 온 것을 알았다. 마부석에 앉은 갓을 쓴 사내가 창을 하듯 흥얼거렸다.

"조금만 참아라. 조금만 참아라. 나라가 아프니 의원도 귀하구나."

마차가 산굽이를 돌아섰을 때 말발굽 소리가 들리기 시작했다.

"멈춰라! 멈춰!"

어떻게 낌새를 챘는지 말을 탄 일본 헌병들이 몰려오고 있었다. 마차 문이 열리고 마부가 소리쳤다.

"어서 피해라. 우리가 시간을 끌어보마."

재영은 비틀거리며 다시 뛰기 시작했다. 뒤에서 총소리가 들렸다. 여러 발이 잇달아 나는 것을 보니 교전이 벌어진 듯했다. 하지만 재영은 뛰었다. 돌아보지 않았다. 그녀에겐 황후의 복수를 해야 한다는 사명이 있었다. 여기서 죽을 수는 없는 노릇이었다. 어둠이 내리고 달이 뜰 때까지 재영은 달리고 또 달렸다. 몸도 다리도 감각이 하나도 없었다. 신기했다. 그렇게 달렸는데도 숨이 차질 않았다. 신발은 언제 벗겨졌는지도 모르고 머리는 풀어져 산발이 되었지만 재영은 달빛 속을 계속 달렸다. 달이 점점 커지더니 나중에는 마치 자신이 달 속에 빨려 들어가고 있는 것 같았다.

'무슨 달이 이리도 밝을까?'

그 경황 중에도 재영은 이렇게 중얼거렸다. 나무로 깎은 장승이 보이고 그 너머로 부엉이가 울었다. 깊은 산중이었는데 물소리가 들렸다. 재영은 그제야 갈증을 느꼈다. 발을 멈추고 물소리를 따라갔다. 개울이 흐르고 그 옆에는 샘도 있었다. 누군가 가져다 놓은 바가지도 보였다. 재영은 샘물을 뜨려고 허리를 굽혔다가 그대로 쓰러졌다. 얼굴을 적신 샘물이 입술로 들어오는 것을 느꼈지만 더 이상 정신을 붙잡지 못했다. 야트막한 산들이 어깨를 잇대어 만든 골짜기 위로 환한 보름달이 그녀를 내려다보고 있었다.

수국부녀회

　물을 길으러 간 아낙네들이 샘터에 쓰러진 재영을 발견한 것은 다음날 새벽이었다. 재영은 촌장의 집으로 옮겨졌다. 의원이 불려왔다.

　"총상을 보니 왜놈의 총을 맞았구만. 아직 어린 계집이 어쩌다가 왜놈의 총을 맞았누. 그나저나 제때 치료를 받았어야 했는데…… 손은 써보겠으나 살 수 있을지는 모르겠소."

　의원이 고개를 설레설레 흔들었다. 그러나 촌장은 손을 저었다.

　"아닐세. 이 아이는 죽지 않을 거야. 보름달이 뜨는 밤 옥샘(玉泉)을 마셨으니 절대 죽지 않을 걸세."

　재영은 닷새 동안 의식 없이 누워 있었다. 비몽사몽 속에서 재영은 여전히 일본인들의 추격에 시달리면서 식은땀을 흘렸다. 매번 막다른 골목에 몰리면 누군가의 손이 불쑥 나타나 그녀를 잡아당겼다. 그런 그녀를 향해 총알이 날아오고 어깨에 피가 흘렀다. 하지만 그녀는 계속 달리고 달렸다. 그러기를 닷새. 이대로 죽을 수 없다는 의지였을까. 마침내 그녀가 깨어났다.

　"정신이 드느냐?"

　깨어났다는 기별을 받고 촌장이 달려왔다.

　"네 복장을 보니 평범한 사람이 아닌 듯한데 어쩌다 이곳까지 쫓겨왔단 말인가?"

재영은 촌장의 손을 잡고 간절하게 말했다.

"어르신, 저는 옥골로 가야 합니다. 저를 옥골로 보내주세요."

그러자 촌장이 희미하게 웃었다.

"그래, 그렇다면 잘 왔구나. 여기가 바로 옥골이란다."

옥골은 춘천 관아에서 동쪽으로 멀리 떨어져 있었다. 강과 산이 막고 있어 큰길에서는 보이지 않는 골짜기였다. 그곳에는 대대로 농사를 지어온 집이 몇 채 있었을 뿐이었는데 몇 년 전부터 누군가 주변의 땅을 모두 사들이고 집들을 짓더니 꽤 많은 사람들이 모여들기 시작했다. 겉으로는 농사꾼처럼 보였지만, 그들은 창술이며 검술 그리고 총술까지 온갖 군사 훈련을 받고 있었다. 마을 사람들은 혹 반역을 꾀하는 무리들이 아닌가 걱정하기도 했지만 곧 이들의 주인이 황후라는 것이 밝혀졌다. 특이한 것은 무리 중에 양인(洋人)들도 있었고, 남성보다 여성들이 더 많았다는 점이다. 새로 지은 집 중 하나에 이런 언문 간판이 걸려 있었다.

'수국부녀회'

재영은 그곳으로 옮겨졌고 놀라울 만큼 빠르게 회복했다. "앞에 총! 조

준! 발사!" 완전히 회복한 재영이 다른 여인들과 함께 군사 훈련을 받기 시

작했다.

청방의 주인

그곳은 대낮에도 어두침침했다. 북경에서도 가장 험한 곳으로 소문난 빈민가이기도 했다. 큰길에서 골목으로 접어들면 사람 하나가 간신히 드나들 수 있는 골목들이 거미줄처럼 뻗어 있었다. 그곳은 아편굴과 도박장과 매춘굴의 집결지였다. 그런 곳과는 전혀 어울리지 않는 고급 양복을 입은 사내가 골목 이곳저곳을 기웃대고 있었다.

"젠장! 정말 더럽게 재수없구만!"

담에 그려진 표식을 찾는데 정신이 팔린 사내가 그만 길에 널린 오물을 피하지 못하고 밟고 만 것이었다. 북양 대신 비서관 원영인이었다. 그는 이번 출장이 영 마음에 들지 않았다. 서른다섯이 될 동안 그의 길은 순탄했다. 원세개의 친척으로서 관직에 무임승차하였고, 그 후 단 한 번의 좌절도 겪지 않고 여기까지 올라왔던 것이다. 천진(天津)에서 만난 점술사 무비자(그는 훗날 원세개가 황제에 오를 것이라 예언하기도 했다)는 그가 천운을 타고났다고 했다.

"일국의 왕은 될 수 없으나 타고난 복으로 부귀영화를 누리시니 나라가 바뀌어도 그 운이 다하지 않을 것입니다. 다만 사십 이전에 결혼은 하지 마십시오. 첩은 두어도 정실을 맞으시면 안 됩니다. 그것만 조심하시면 훗날

정승의 영화와 부귀를 누릴 것입니다."

그의 운은 사실이었는지 청일 전쟁에서 청이 패했을 때 그는 마침 다른 곳에 있어서 그 화를 피할 수 있었고, 북양 대신의 암살 기도 와중에도 털끝 하나 다치지 않았다. 다치기는커녕 손가락 하나 까딱한 일 없이 대신의 안위를 지켰다는 공을 인정받아 한층 더 승진하기까지 했다.

점술사의 충고를 받아들여 그는 아직 결혼을 하지 않았다. 대신 그에겐 '청앵루'라는 기루(妓樓)를 운영하는 소앵이 있었다. 백여 명의 기녀들을 거느린 이 여자는 그에게 결혼하자 소리 한 번 안하고 헌신적으로 그의 시중을 들었다. 잠자리도 독점하지 않았다. 격무에 지친 그가 찾아오면 가장 예쁜 기녀들을 번갈아 침실로 들여보내곤 했다.

"남자를 숱해 겪어봤지만, 당신 같은 목소리는 처음 들었지요. 당신은 제가 아는 한 세상에서 가장 좋은 목소리를 가진 남자예요. 이상하지요. 그냥 당신의 목소리를 듣고 있는 것만으로도 행복해지니 말이에요."

원영인이 청앵루에 가면 언제나 최고급의 술상이 차려졌다. 소앵과 더불어 술잔을 기울이며 환담하다가 술이 얼큰해지면 다른 기녀와 함께 잠자리에 드는 게 그의 낙이라면 낙이었다. 그날도 소앵과 적당히 술과 희롱을 나누며 취기가 오를 무렵이었는데 갑작스럽게 북양 대신의 호출을 받은 것이었다.

"청방으로 가라. 이번 일은 그들이 맡기로 했다. 하지만 우리도 진행 상황을 알아야 하니 네가 가서 합류해라."

"청방은 믿을 수 없는 자들입니다. 그들은 오직 이익만을 보고 움직입니다."

"나도 안다. 그래서……"

북양 대신은 탁자를 탁 내리쳤다.

"요동의 상권을 주기로 했다."

원영인의 입이 벌어졌다. 요동의 상권이라니!

요동의 상권은 청방이 오래전부터 원하던 바였다. 청방은 군대에서 밀려난 군인들이 만든 조직이었다. 소금 밀매로 시작해서 양자강 하류의 상권을 장악하더니 나중에는 관원들에게까지 손을 뻗쳐 그들의 돈을 먹지 않은 자가 없을 정도였다. 그들은 상하이를 중심으로 활동했지만 호시탐탐 동북권의 진출을 노렸다. 러시아와 일본, 조선이 만나는 요동이야 말로 황금의 땅이었던 것이다. 그들은 돈이 되는 것은 다 손을 댔다. 불법 도박, 마약, 매춘,

무기 밀매 그리고 청부 살인까지. 청방에게 돈을 바치지 않는 사업가들은 하루아침에 사라졌다. 시체조차 발견되지 않았다. 물론 언제나 목격자도 없었다. 무소불위의 권력을 가진 원세개조차 그들의 세력이 너무 커진다고 근심하며 견제했다.

"너는 내일부로 공식적으로 파면될 것이야. 그러니 민간인의 신분으로 가는 것이다. 그곳에도 우리 연락책이 있으니 나와 소통하면서 일을 진행하라."

그가 찾아야 하는 표식은 어린아이 형상이라고 했다. 아니 어린아이가 그린 듯한 사람의 형상이었다. 동그라미로 머리를 그리고 작대기로 팔과 다리를 붙여 놓은 모양. 그 표식은 지저분한 담과 문의 낙서들 사이에서 그가 가야 할 방향을 가리키고 있었다. 그렇게 표식들을 따라 골목을 돌고 돌아 도착한 곳은 하늘이 보이지 않을 만큼 높은 담 앞이었다. 마치 성벽처럼 돌로 쌓아올린 그 담에는 작은 나무문이 하나 있었다. 그리고 그 문 한가운데에는 그를 바라보기라도 하듯 표식이 똑바로 그려져 있었다. 그는 쇠로 된 둥근 고리를 탕탕 쳤다. 잠시 후 고리 위로 작은 창이 열렸다.

"방주를 찾아온 원가요."

104

작은 문이 열렸다. 열린 문은 그 두께가 족히 한 자(尺)는 되어 보였다. 안으로 발을 들이자 매캐한 냄새가 코를 찔렀다. 아편이 타는 냄새였다.

가운데로 난 통로 좌우로 어두침침한 바닥에 사람들이 누워 있었다. 그들은 불에 덴 벌레처럼 꿈틀대면서 알 수 없는 교성을 내고 있었다. 소리 없이 악다구니하듯 입을 벌리고 있는 모습도 보였다. 남자도 있었고 여자도 있었다. 노인과 아이도 있었다. 한참을 걸어도 계속 그런 광경이 눈에 들어와 원영인은 겁이 나기 시작했다. 이곳은 그냥 지옥이었다. 아비규환(阿鼻叫喚)이 따로 없었다.

한참을 지나 모퉁이를 돌아 문을 열자 마침내 아편굴에서 벗어날 수 있었다. 그곳은 여느 대갓집의 정원이었다. 연못이 있고 정자가 있었다. 홰나무(槐樹)와 살구나무 그리고 여러 꽃들이 잘 다듬어진 회랑으로 걸어 들어가자 마침내 저택이 나왔다.

"들어가시지요, 방주께서 기다리고 계십니다."

그를 안내한 자는 인사를 하고는 다시 돌아갔다.

원영인이 문을 열고 들어가니 화려한 방이 기다리고 있었다.

황제 집무실만큼이나 화려한 북양 대신의 집무실에서 근무했던 원영인이었지만 지금 눈앞에 펼쳐진 방 안의 풍경에는 놀라움을 금할 수 없었다. 눈에 보이는 가구며 도자기며 그림들은 황궁 못지않았다. 개중에는 눈에 익숙한 물건들도 있었다. 황제를 알현하러 들어갔을 때 보았던 도자기며 그림들이 그곳에도 걸려 있었다. 북양 대신의 책상 뒤에 있던 옥불상과 똑같은 것도 있어서 원영인은 의아스러웠다.

'방주라는 자가 모조품을 모으나?'

그런데 방에는 태사의(太師椅)에 앉아 있는 어린아이 말고는 아무도 없었다.

아이는 이제 예닐곱 살쯤 됐을까? 최상등품의 비단 옷을 입었고 못생긴 얼굴은 아니었지만 아이답지 않은 묘한 생김새여서 쉽게 눈이 가지 않았다.

"흠, 흠, 얘야 방주님을 만나러 왔단다. 어디 계신지 아니?"

그러자 아이는 빙그레 웃더니 손가락으로 옆의 의자를 가리켰다. 원영인은 엉거주춤 의자에 앉았다.

"누추한 곳까지 오느라 수고 하셨소. 내가 방주요."

"?"

그제서야 원영인은 눈앞의 아이가 성장이 멈춘 난쟁이라는 걸 알 수 있었다. 청방의 방주는 난쟁이였다. 그래서 표식이 어린아이 형상이었던 것이다. 모습은 아이여도 목소리가 낮고 걸쭉한 것이 확실한 어른이었다.

"몰라뵙고 실례를 범했습니다. 용서하십시오. 북양 대신께서 파견한 원영인입니다."

"그래요. 오늘 아침 뇌물 수수로 파면되었더군요."

방주는 유쾌하게 웃으며 말을 이었다.

"아침도 제대로 먹지 못하셨던데 이야기가 끝나는 대로 식당으로 갑시다. 지금은 보안을 위해서 사람들을 다 물리쳤다오."

"제 식사 문제에도 관심이 있으신가 봅니다."

"어디 그뿐이겠소. 어젯밤엔 대막(大漠)에서 온 홍련이와 잠자리를 하셨더군요."

원영인의 등에 식은땀이 흐르기 시작했다.

"멀리 가기 전에 석별의 정을 나누느라 세 번이나 방사를 하셨다고요."

"대단하십니다. 저 같은 하찮은 사람에게도 관심을 가지시다니……"

방주는 손을 저었다.

"그건 아니오. 다만 북양 대신을 만난 뒤 함께할 사람에 대해 조금 사전

지식을 가져야 할 것으로 판단했을 뿐이오."

"그 정도 실력이시면 안심해도 되겠습니다. 대신께선 이번 일이 청 조정과는 아무 관련이 없기를 바라십니다."

"그 얘기는 들었소. 이번 일은 섬나라에 원한이 맺힌 대륙의 백성이 벌인 사적인 복수극이 될 것이오."

"그렇군요. 그런데 준비할 시간이 촉박해서 가능하겠는지……"

방주는 탁자에서 시가를 꺼내 물었다. 아이가 담배를 피우는 꼴이라 좀 어색해 보였다.

"이보시오 원공, 우리는 한 번도 실수한 적이 없소. 우리에게 이름이 거론되는 순간, 그는 이미 죽은 것이오."

방주가 탁 하고 손바닥으로 탁자를 내리쳤다. 원영인은 머리가 흐릿해지는 것을 느꼈다. 탁자가 빙빙 돌기 시작했다. 방주의 목소리가 동굴 속에서 들여오는 것처럼 멀어졌다. 그는 맥없이 의자에서 굴러 떨어졌다. 얼마나 지났을까. 깨어나니 화려한 침실이었다. 비단 휘장이 쳐진 침상 위에 그는 벌거벗은 채 누워 있었다. 누군가 휘장을 열고 들어왔다.

"일어나셨나요?"

들어온 여인은 홍련이었다. 어제 청앵루에서 동침했던 기녀가 분명한데, 지금 눈앞에 물그릇을 들고 서서 웃고 있는 것이었다.

"이게 어찌된 일인가? 내가 지금 청앵루에 와 있는 것인가?"

"그럴 리가요. 방주께서 시범을 보여주신 거지요. 연기로 상공을 중독시키셨다네요."

그 말을 들으니 불현 듯 머리가 깨질 듯이 아팠다.

"가장 약한 독이라고 전해달라시더군요. 이 연기로 목숨을 빼앗는 건 일도 아니라면서요."

"그대도 청방의 사람이었나?"

그러자 이 요염한 기녀가 활짝 웃었다.

"어디 저뿐이겠어요. 상공이 그토록 믿으시는 소생도 우리 사람이랍니다. 아마 청앵루의 기녀 중 삼분의 일은 청방의 통제를 받을 걸요."

기막힌 노릇이었다. 원영인은 자신의 우둔함을 한탄했다. 그가 저녁마다 한잔하면서 했던 이야기들이 모두 청방의 귀로 들어가고 있었던 것이다.

"어서 이 해독약을 마시고 준비하셔야 합니다. 시간이 별로 없으니 바로 조선으로 가는 배를 타야 한다고 방주께서 말씀하셨답니다."

그러더니 홍련은 그의 귀에 속삭였다.

"저도 함께 간답니다. 상공과 부부로 행세할 거예요."

미인이 함께 간다고 하는데 원영인은 즐겁지 않았다. 함께 간다는 건 그녀가 그를 감시하는 역할을 하는 것이라는 생각이 들었기 때문이다.

'이 여자도 살수일까?'

원영인의 머리가 복잡해졌다.

수병의 이름으로

"전쟁은 아직 끝나지 않았다."

니콜라이 파블리첸코는 결연하게 말했다. 한때 러시아 해군의 장교였던 그는 이제 극동의 첩보 활동을 책임지는 자리에 있었다. 명목상으로는 군에서 전역한 민간인이었다. 항구의 호텔이 그의 근거지였다. '호텔 붉은 배'이 호텔은 블라디보스톡 항구를 이용하는 많은 사람들이 드나들었다. 그중에는 러시아인은 물론이고 청국인, 일본인, 조선인, 미국인도 있었다. 숙박비가 싸고 음식이 좋다고 소문이 난 곳이었다. 그리고 무엇보다 밤이면 젊디젊은 이국의 여자들이 넘쳐났다. 늘씬한 금발 미녀들이 곳곳에 포진되어 있었다. 그녀들은 외국인들과도 기꺼이 술을 마셨다. "붉은 배를 타보지 않는 자는 일급 선원이 아니다"라는 말이 돌 지경이었다.

파블리첸코의 방은 주방을 통해 들어가는 후미진 곳에 있었다. 그곳을 드나들 수 있는 사람은 십여 명에 불과했다. 야심한 시각인데 그 방에 사람들이 모두 모여 있었다.

"우리 형제들은 아직도 바다 속에서 썩어가고 있다. 물고기의 밥으로 말이다. 그리고 그 물고기는 일본 놈들이 먹고 있지. 우리는 놈들이 이곳까지 쳐들어 올 때까지 기다리면 안 된다."

그는 일어나 커튼을 젖혔다. 창밖으로 항구가 보였다. 그곳에는 세 척의 전함이 흔들리고 있었다. 쓰시마 해전의 참패 속에서 살아남아 이곳까지 온 배들이었다.

"너희들은 모두 그때 그 바다에 있었다. 우리가 살아 있는 치욕을 견디는 것은 복수를 해야 하기 때문이다."

"찾아야 할 물건도 있습니다."

조용히 듣고 있던 사람들 중 한 거인이 말했다. 그는 보통 사람들보다 머리 두 개는 더 큰 장신이었다.

"그렇다. 상병! 이제 기회가 왔다. 일본의 황태자를 죽이고 물건을 회수하라! 우리의 피맺힌 원한을 고스란히 갚아주자!"

가 소매를 한 번 펄럭이자 획 하는 소리와 함께 벽에 붙은 종이를 향해 단검이 날아가 박혔다. 그 종이에는 도표와 함께 이런 제목이 붙어 있었다.

'황태자 방문 일정'

3부. 황태자 출발하다

10월 10일 오전 10시. 도쿄 신바시역

며칠 동안 내리던 장대비가 그날은 조용했다. 황태자의 장도(壯途)를 하늘도 축하해주는 듯했다. 도쿄 신바시역(新橋驛)으로 가는 길과 광장은 사람들로 가득찼다. 황태자의 화려한 행렬을 구경하기 위해서 일찌감치 몰려든 사람들을 통제하기 위해 기마경찰과 헌병들이 동원되었다. 귀빈들이 지나가는 마차의 통로를 확보하기 위하여 이들은 진땀을 흘려야 했다.

황태자와 동행하지 않는 지배층들도 황태자를 전송하기 위해 호화로운 마차를 타고 모여들었다. 히가시쿠니, 아사카, 후시미, 기타시라카와, 나시모토, 야마시나 같은 황족들이 당도했고, 노즈, 오키, 구로키 같은 육군 장성들과 이토 스케유키, 이노우에, 야마모토 등 해군의 장군들도 참가했다. 군인이 아닌 고관들도 물론 집결했다. 내각 전원과 양 원의 의원들과 애국부인회까지 빠짐없이 참석했다.

이번 방문단은 마치 일본군 전체가 움직이는 듯했다. 아리스가와 대장궁, 추밀고문관 이와쿠라, 육군대장 가쓰라, 육군 군의 총감 사토, 해군 대장 도고 등 작위를 가진 고관들이 즐비하였다.

길을 선도하는 기마 부대가 맨 앞에 서고 황태자와 그의 비가 탄 마차가 뒤를 따랐다. 그 뒤의 마차에는 두 명의 황자가 타고 있었다.

황태자는 군복을 입었다. 육군 소장의 계급장이었다. 가슴에는 커다란 훈장들이 빛나고 있었다. 황태자비는 세련된 양장을 입었다. 보랏빛 정장에 붉은 동백꽃을 단 챙 넓은 모자를 쓰고 흰 목도리를 둘렀다.

"백성들이 모두 손을 흔들며 환호하고 있습니다."

아침부터 기분이 언짢아 보이는 남편을 위해 황태자비가 말을 건넸다.

"그런가? 저들에겐 좋은 구경거리겠지."

황태자는 시큰둥하게 대답했다.

"누구에겐 목숨을 건 일이겠지만……"

황거를 나서기 직전 천황은 황태자와 황태자비를 불렀다. 이제 떠나면 어쩌면 다시는 만나지 못할 수도 있었다.

"조선은 이제 네가 통치해야 할 영토이다. 아비가 길을 열었으니 네가 마무리해야 할 것이야. 위험할 수도 있다. 하지만 네가 조선으로 가서 그곳이 너의 영토임을 세계만방에 보여주어야 우리의 확고한 의지가 실현될 것이다."

그리고 조용히 덧붙였다.

"제국의 모든 힘을 동원해서 너를 지킬 것이다."

116

천황은 애써 담담한 표정이었지만, 황후는 아들의 손을 붙잡고 눈물을 보였다.

"이런 일도, 저런 일도, 다 황태자이기 때문에 겪어야 하는 길입니다. 부디 몸조심하시고 무사 귀환을 부처님께 빌고 있겠습니다……."

황후 또한 뒷말을 덧붙였지만 그것은 귀엣말로 한 것이어서 천황도 황태자비도 듣지 못했다.

황후는 황태자의 친모가 아니었지만, 자기 손으로 기른 황태자가 친아들과 다름없었다. 그런 황후의 마음과는 달리 황태자는 자신의 친모가 후궁이라는 사실을 알고부터 황후에 대한 마음에 조금씩 금이 가고 있었다. 황태자는 어릴 때부터 크고 작은 병치레가 잦았고 간질 발작도 심했다. 그럴 때마다 궁인들이 수군대는 것을 알고 있었지만, 언제나 모른 척했다.

"천한 피 때문이야. 천한 피, 천한 피……."

황태자는 간질이라는 병보다 어쩌면 자신의 출생에 대한 열등감이라는 병을 더 크게 앓고 있었는지도 모른다. 일본이라는 나라에서 가장 존귀한 존재였으나 뒤로는 손가락질 받는 신세였다. 잦은 간질 발작으로 전의(典醫)가 뛰어다니는 날이 많아지자 황태자 교체설도 나왔다. 제국을 계승할

117

황태자가 부실해서는 안 된다는 것이 저들의 주장이었다. 양자를 들여서라도 후계를 튼튼히 해야 한다고 했다. 그리고 그 주장의 뒤에 이토가 있었다.

하지만 그럴 때마다 메이지 천황이 황태자를 감쌌다. 그리고 무엇보다 황후가 버팀목이 되어주었다. 황후야말로 황태자의 가장 강력한 우군이었다. 무례한 언사를 일삼는 자들은 역적이라며 벌 줄 것을 요청하였고 천황이 이를 무마하느라 고생했다는 소문까지 돌았다.

"황태자는 내 아들입니다. 그리고 이 나라의 주인이 될 것입니다. 누구도 그 사실을 바꿀 수 없습니다. 이 어미가 황태자를 지킬 것입니다."

황태자가 엇나갈 때마다 황후는 그를 불러 타일렀다. 황태자도 그런 황후의 마음을 잘 알고 있었다. 하지만 그의 열등감은 갈수록 커졌다. 그를 비웃는 소리가 사방에서 들리는 것 같았다. 그럴 때면 밤마다 유흥가를 출입했고, 여자들을 탐닉했다. 황태자가 술을 너무 마셔서 폐인이 되었다는 소문이 돈 것도 그 무렵이었다. 이제 결혼을 하여 처자식을 둔 어엿한 가장으로서 그런 소문은 사라졌지만 그는 여전히 언제 터질지 모르는 휴화산이었다.

연도에 모여든 사람들의 환호를 받으며 황태자 일행은 궁정 열차에 탑

승했다. 태자비와 황손은 여기까지였다.

"안녕히 다녀오십시오."

처자식과 인사를 나누고 황태자는 떠났지만 황태자비의 귓전에는 남편이 남긴 말이 자꾸 맴돌았다.

"누구에겐 목숨을 건 일이겠지만……"

10월 12일 오후 5시. 히로시마 우지나항

1863년 일본에 네 척의 흑선(黑船, 페리 제독이 이끈 미국 동인도함대 함선)이 들어와 개항이 이루어진 이래로 가장 장대한 해군의 행렬이 펼쳐졌다. 일본 해군의 주축 전함인 가토리, 가시마, 아사마 등 일곱 척의 전함이 도열했다. 지난해에 진수된 전함 가토리는 1만6천 톤에 달하는 거함이었다. 황태자 전용함으로 최고 속도 18.5 노트를 낼 수 있었다. 전함들 외에 16척의 구축함도 동원되었다. 우지나항(현 히로시마항)은 그야말로 대일본제국의 군함들로 가득했다. 청과 러시아를 물리친 아시아 최강의 함대였다. 황태자의 방문에 맞춰 모든 배들은 꽃과 휘장으로 화려한 장식을 하였고 수백의 폭죽이 하늘로 쏘아 올려졌다. 히로시마의 주민들이 이 광경을 보기 위해 몰려들었다.

"피곤하군!"

황태자가 중얼거리자 시종들이 허리를 숙였다. 이곳까지 오는 동안 시즈오카에서 하루를 묵고 마이코에서 하루를 묵었는데, 황태자는 잠자리가 불편했는지 침실로 술상을 차려오라는 분부를 내렸다. 그때마다 상을 들고 들어간 것은 요시코였다. 시간이 지나 술상이 물려진 뒤에도 그녀는 나오지 않았다. 얼마만의 해후였던가. 황태자는 요시코를 밤새 품고 또 품었다.

황태자의 까다롭고 괴팍한 성품을 아는 수행원들은 요시코의 존재가 고마웠다. 그녀가 황태자의 곁에서 시중을 들기 때문에 그나마 다른 사람들은 여유를 가질 수 있었던 것이다. 그러고 보면 요시코는 승선 검사를 받을 때부터 특별했다. 모든 궁인들이 승선 검사를 받았는데, 요시코는 별다른 검사 없이 통과됐기 때문이다.

"특별대우야!"

"황궁에서 파견했대."

그녀에 대한 소문이 부풀려져 돌았다. 황태자의 잠자리 시중까지 들면서부터 소문은 더욱 부풀려져 그녀는 마치 황태자의 후궁처럼 우대를 받았다. 호위하는 군인들도 그녀에게 공손한 자세를 취할 수밖에 없었다. 그녀에 관한 가장 이상한 소문은 그녀가 복화술을 한다는 것이었다. 술상을 심부름하던 시종들은 그녀와 황태자만 있는 방에서 다른 사람의 목소리가 들린다고 했다. 또 어떤 궁인은 그녀가 자신과 이야기를 하는 중에도 방 안에서는 황태자가 누군가와 대화하는 소리가 들렸다고도 했다. 이래저래 요시코는 소문의 중심이었다.

10월 13일 밤 11시. 세토 내해

탐조등이 켜졌다. 환한 빛이 전방을 향해 퍼져 나갔다. 진을 갖춘 전함들은 질서정연하게 정렬한 채 섬과 섬 사이를 전진하며 함포 사격을 가하기 시작했다. 굉음이 세토 내해를 흔들었다. 포탄이 터지며 터져 나오는 물보라는 장엄했다. 섬들마저 삼킬 것 같은 기세였다. 황태자 참관 하에 해상 기동훈련이 전개된 것이다.

"멋지군!"

황태자는 아낌없이 박수를 보냈다. 그의 옆에는 도고 헤이치로가 있었다. 일본 해군의 상징이었다. 청일 전쟁과 러일 전쟁에서 일본의 해군은 혁혁한 공을 세웠다.

1894년의 청일 전쟁. 개전 당시만 해도 어느 누구도 일본의 승리를 장담하지 못했다. 일본은 현대식 전함에 의한 해전을 치른 경험도 없었고 객관적인 전력도 열세였다. 승부의 분수령이 된 황해 해전에서 청의 북양 함대는 일본의 전함들보다 크고 숫자도 많았으며 무장도 앞섰다. 하지만 외양을 늘리는 데 치중한 청의 수병은 훈련이 부족했고, 기본 물자 보급도 부실해 제대로 포를 쏠 형편이 아니었다.

잔뜩 긴장한 일본 해군이었지만 막상 붙어보니 덩치만 컸지 부실하기

122

짝이 없는 북양 함대를 마음껏 유린할 수 있었다. 일본은 300여 명이 안 되는 전상자가 발생했지만 청은 1300여 명이 넘는 사상자와 5척의 전함이 침몰되고 3척은 대파되는 참패를 당했다. 이것은 결과적으로 일본에게 '할 수 있다'라는 자신감을 심어주었다.

그리고 10년 후 1905년에 벌어진 러일 전쟁. 그러니까 2년 전 바로 이 바다에서 러시아 함대와의 결전이 있었다. 지구 반 바퀴를 돌아오느라 기진맥진했던 러시아 함대는 막강한 전력을 자랑했지만 청과 마찬가지로 물자 보급에서 문제가 있었고 결정적으로 병원선이 불빛을 부주의하게 노출하면서 일본 함대에게 적발되는 결정적인 실수를 저지르고 말았다. 당시 러시아의 함대를 격파한 일본 제독이 바로 도고였다.

"그런데 제독은 조선의 수군 장수 이순신을 가장 존경한다지?"

"그렇습니다. 전하."

"이순신은 우리 조상을 살상한 자가 아닌가? 그런데도 그를 존경한다니…… 그럴 만한 이유라도 있는 건가?"

도고는 차렷 자세로 분명한 어조로 군인답게 말했다.

"그는 바다의 신 같은 존재입니다. 가장 나쁜 조건 속에서 가장 강한 적을 상대로 한 번도 지지 않았습니다. 그리고 자신의 공을 시기한 왕에게 끝까지 충성을 다하다 전사했습니다. 전략적으로나 인격적으로나 흠잡을 데가 없는 위인입니다."

황태자는 멀리 규슈 섬 근처까지 포탄이 날아가 물보라를 일으키는 것을 바라보며 말했다.

"그래도 나는 그대가 최고의 해군 장수라 생각한다. 그리고 조선은 그럴 만한 영웅을 만들 수가 없는 곳이야. 미개하지. 외부에서 적이 침입하는데 자기들끼리 싸우다 망하는 그런 어리석은 족속이다. 고작 우리 군함 한 척을 당해내지 못해 불평등 조약을 맺은 저들이 아니었더냐?"

"지금은 그렇습니다."

자신의 조상들을 섬멸한 이순신 장군을 가장 존경한다는 사내가 허리를 숙였다.

"그래, 나는 귀관이 앞으로 천하제일이라는 신념으로 전투에 임해주길 바란다. 이제 아시아의 바다에서 우리의 상대는 없겠지?"

"그렇습니다. 이 바다는 일본의 안마당처럼 안전합니다."

"좋아! 이제 조선도 우리의 안마당이 될 것이다."

10월 16일 오전 6시. 조선의 바다

"드디어 조선의 바다입니다."

시종무관의 보고에 황태자는 선실을 나와 갑판에 섰다. 새벽 바다는 잔잔했고 어스름 속에서 조금씩 그 색과 빛을 드러내기 시작한 조선의 하늘이 수평선 위로 펼쳐졌다. 기분 때문이겠지만, 바람에 실려 오는 공기도 일본의 그것과 사뭇 다른 느낌이었다.

"이곳이 내가 다스릴 영토인가?"

시종무관은 그 말이 질문인지 혼잣말인지 몰라 당황한 듯 머뭇거렸다. 다행히 황태자는 시선을 돌리더니 다시 선실로 돌아갔다.

시종무관은 전하지 못한 답을 중얼거렸다.

"아직은 아닙니다만…… 곧 그리 될 것입니다.

제주 해협 멀리 조선의 땅도 흐릿하게 형체를 드러내기 시작했다. 16세기 그들의 선조들이 대군을 동원하고도 통과하지 못했던 바다를 순조롭게 지나가고 있었다.

조선에는 이미 10만여 명의 일본인들이 들어와 있었다. 이 숫자는 주둔하고 있던 군인을 제외한 것이었다. 대한제국이라는 나라가 엄연히 있었지만 이미 한반도의 대부분은 일본인들이 장악하고 있었다. 일본인 거류민단

125

은 1만5천 원의 거금을 황태자 환영 준비를 위해 배정했다. 그리고 제물포에서부터 경성까지 황태자의 동선에 맞춰 각종 시설물을 보강하기 시작했다. 조선의 친일파 정치인들도 움직였다.

가장 큰 문제는 콜레라였다. 중국과 국경을 접한 북쪽에서부터 시작된 전염병은 점차 남하하여 경성과 인천에도 환자가 발생하기 시작했던 것이다. 이토는 한 달 전부터 군의관들을 동원하여 대대적인 방역 작업을 벌였다. 각 항구에 검역반을 파견했고, 한성에서 환자로 의심되는 사람들을 닥치는 대로 적발해 격리했다. 남대문 밖의 큰 연못(南池)도 전염병 방지를 구실로 메워버렸다.

대일본제국의 황태자가 조선의 문루 밑을 지나갈 수는 없다며 숭례문과 연결된 한성의 성곽과 간선도로 주변의 성벽을 전부 헐었다. 숭례문마저 헐어버리려 했으나 이를 실행하지는 못했다. 대신 황태자가 지나가는 길에 낡고 더러운 조선인 집들이 보여서는 안 된다며, 개를 잡아먹는 미개한 족속들이 보이면 안 된다며 거리마다 집집마다 가림막을 쳤다. 그들에게 조선인은 황태자가 봐서도 안 될 더러운 족속이며 미개인들이었다.

가을의 쾌청한 날씨를 뚫고, 제물포와 한성의 북새통 속을 향해 일본의 전함들이 잔잔했던 바다에 거센 물보라를 일으키고 있었다.

10월 10일 오후 3시. 봉은사

홍지명은 객승의 안내를 받아 요사채를 지나 일반 신도들에게는 출입이 금지된 승려들의 거처로 향했다. 조직의 명에 따라 합류하는 길이었다. 구석진 곳에 자리한 건물은 햇볕도 잘 들지 않는 음지였다. 문을 열고 들어가니 방이라기보다는 큰 법당 같았다. 불을 켜지 않아 어두운데 여러 사람의 기운이 느껴졌다.

"거기 앉게."

발 앞에 방석이 있었다. 시간이 좀 흐르자 창틀을 간신히 통과한 희미한 빛 사이로 사람들의 모습이 보였다. 승려복을 입은 사람, 자신이 잘 아는 조직의 사람, 그리고 그 옆에는……. 지명은 일순 눈썹을 찡그렸다. 여자였다. 한 여자가 앉아 있었다. 화려한 서양식 모자를 쓴 여인이 왜 어울리지 않는 이 자리에 있는 것인지 조금 당황스러웠다.

"이번 거사에 자원했다고 들었네. 사실인가?"

"그렇습니다. 왜군의 총에 목숨을 잃은 동료들의 원수를 갚으려 합니다."

"알다시피 이번 거사는 성공해도 살아남을 수가 없네. 나라에서도 그대를 역적으로 처벌할 걸세. 그래도 좋은가?"

"제겐 가족이 없습니다. 있다 해도 관군이 제 고향까지 가서 총질은 못할 겁니다. 외려 그들이 사냥당하겠지요."

"명사수라 들었습니다. 하지만 상대는 수많은 호위병이 둘러싸고 있는데 저격이 가능할까요?"

여인이 물었다. 어딘지 모르게 딱딱한 억양으로 보아 조선인이 아닌 듯했다.

"눈을 감았다 뜨는 한 순간이면 됩니다. 아무리 호위가 엄중하다 해도 틈은 있는 법이지요. 한 걸음에 한 마장을 뛰어 넘는 호랑이도 결국은 포수의 손에 죽습니다."

"나무아미타불 관세음보살⋯⋯"

승려가 나직하게 염불을 했다. 지명은 당초의 우두머리인 지월대사를 이미 알고 있었다. 당초는 조선의 불교 사회를 가로질러 내려온 승려들의 비밀 조직이었다. 고려가 망하고 조선이 건국되면서 조선을 세운 유학자들은 고려가 불교 때문에 망했다고 규정했다. 그리하여 무자비한 탄압이 시작되었다. 사찰은 폐쇄되고 승려들은 강제로 환속되었다. 깊은 산중의 몇몇 절들만이 간신히 명맥을 유지할 수 있었다. 절의 재산은 그야말로 먼저 보는 놈이 임자였다. 벼슬아치들은 승려들을 종처럼 마구 부려먹었다. 불법을 수행하던 산사는 선비라는 자들의 유흥장으로 변하기 일쑤였다. 하지만 이 땅의 불교는 수많은 세월과 전란을 견디며 살아남은 종교였다. 승려들은 자신들을 보호하기 위해 조직을 만들어 저항했다. 그들이 당초였다. 그런 까닭에 당초의 승려들은 목적을 달성하기 위해서라면 폭력도 서슴지 않았다. 정녕 불법(佛法)에 어긋나는 일이었으나 또한 불법을 지키기 위한 필요악(必要惡)이기도 했다. 그들은 스스로 득도를 포기한 파계승이라 자처했다. 그들의 행태를 백안시하는 승려들은 그들을 당초승이라 불렀는데 이것이 후일 땡초로 변했다.

당초는 전국의 사찰과 신자들을 연계로 한 정보 수집과 과감하고 효과적인 습격으로 유명했다. 일단 그들의 손에 걸리면 무자비한 처벌이 뒤따랐다. 손톱만큼의 자비도 없는 응징으로 으레 사람은 만신창이 되고 집은 불태워졌다. 조정에서 그들을 잡으려 해도 그들이 일단 산으로 올라가면 귀신같이 사라졌다. 정예 관군이라 해도 결코 그들을 잡지 못했다.

수많은 탐관오리와 친일부역배들이 조선의 백성들을 괴롭히다 당초에게 응징을 당했지만, 한 명의 승려도 잡히지 않았다. 사람들은 누군가 봐주

130

는 뒷배가 있다고 수군거렸는데 그건 맞는 말이었다. 대한제국 황제의 그늘 속에서 당초 역시 손을 보태고 있었던 것이다.

"홍 시주는 소승이 잘 압니다. 이번 거사에 적격자라 할 수 있지요."

그랬다. 연전에 일본의 자금 지원을 받는 전라도의 고리대금업자가 고리대금으로 농민들의 땅을 끌어 모았을 때, 지명은 명을 받고 파견됐었다. 그의 임무는 토지 문서와 재물들을 탈취하고 그를 처단하는 것이었다.

"현지로 가면 함께할 동지들이 있을 것이다."

지명이 접선할 곳은 주막이었다. 허름한 옷에 화승총을 넝마로 싸고 약속한 주막에 도착한 지명은 한쪽에 자리를 잡고 주변을 살폈다. 곳곳에 술판을 벌여 떠들썩한데, 당최 승려 비슷한 행색은 눈에 띄지 않았다. 그러다가 사단이 났다. 마루 한쪽을 차지하고 있던 보부상들은 그곳의 단골인 듯 주모와 객담을 주고받으며 술을 마시고 있었다. 잠시 후 한 무리의 사내들이 들이닥쳤는데 행색이 묘했다. 무릎이 드러나는 짧은 바지에 딸깍거리는 나막신을 신고 있었던 것이다. 우스운 것은 그러면서도 머리는 조선인처럼 길러 땋았고 조선식 저고리를 입고 있었다.

"이봐 뭘 그렇게 보나?"

그들은 곱지 않은 눈으로 바라보는 손들에게 시비를 걸면서 구석 한 자리를 차지했다. 그리고 술과 안주를 시켰다.

"원 세상이 어찌되려고 저런 놈들이 설치고 다니나?"

"말세야, 말세."

보부상들은 속이 불편한지 한마디씩 했다. 하지만 그들은 아랑곳 않고 술을 돌리며 왁자지껄하게 동네 아낙들을 희롱한 무용담을 늘어놓았다.

"그 재 너머 양반집 말이야, 최 선달 댁인가 뭐 그렇게 부르던."

"그래, 그자가 제국에 협조해서 불온한 자들을 고발하고 하사금 좀 챙겼다지."

"우리가 순사들과 들어가니 귀한 손님이 왔다고 상다리 부러지게 한 상 차려주더군. 그래서 이왕이면 계집들도 보자 했지. 그랬더니 노비 년들이 나오는데 영 그런 거야."

"그래서?"

"마침, 한 아낙이 지나가는데 뒤태만 봐도 딱이었지. 걸음걸이 하며 그 야시시한 엉덩이 하며 환장하겠더라고."

"오호!"

132

"불문곡직하고 따라가서 손을 덥석 잡았지. 그랬더니 최 선달 그자의 얼굴색이 노래지는 거야."

"그, 그래서?"

"아낙이 에구머니 하고 주저앉는데 얼굴을 보니 뒤태는 저리 가라 아니 겠어? 최 선달이 달려와서 사정을 하는데 그자의 첩이었던 거야. 나이가 스무 살이나 됐겠나? 사십이 넘은 놈이 델고 있기엔 아까운 여자였지. 그래서 당신은 제국의 하사금으로 부자가 됐으니 이런 여자 백 명도 더 살 수 있을 것인데 뭐가 문제냐 하면서 두들겨 팼지."

저도 모르게 이야기에 귀를 기울이던 지명은 속으로 한탄을 했다. 당하는 놈이나 범하는 놈이나 누구 하나 마음이 가는 데가 없었다.

"우리가 누구야? 이 반도에서 누가 우리를 막을 수 있겠어? 보이는 대로 때려 부수고 불 지르고 최 선달 그 작자도 두들겨 팼지."

"저런 쯧쯧……"

사람들의 입에서 탄식이 절로 나왔다.

"그런데 말이야, 그 최 선달이란 놈이 도망을 쳤지 뭐야. 제 계집도 버리고 하사금만 챙겨서 말이지. 보부상으로 변복을 하고 나루를 넘어갈 거라는

군."

그러더니 사내가 벌떡 일어났다. 그리고 보부상들이 모여 있는 자리를 향해 외쳤다.

"장돌뱅이들과는 볼 일이 없으니 다 비켜라!"

그 서슬에 놀란 보부상들이 황급히 자리에서 일어나자 그들 뒤에 숨어 있었던 사내 셋이 모습을 드러냈다.

"네 놈이 가면 어딜 간단 말이냐? 하사금을 내놓으면 목숨만은 살려주마!"

그러자 사내 둘이 지팡이에서 칼을 뽑아들었다.

"호, 그새 호위 무사를 샀구나. 얘들아 쳐라!"

나막신을 신은 자들도 품에서 무기를 꺼내들었다. 그런데 그 무기란 것이 재미있었다. 황동으로 된 촛대가 나오질 않나 조선낫이 나오질 않나. 그러고 보니 한 사내는 거대한 나무 봉을 어깨에 메고 있었다. 장검을 든 사내들에 비하면 초라하기 짝이 없었는데, 그들은 조금의 두려움도 없어 보였다. 삽시간에 주막은 살벌한 병기들 소리와 고함으로 가득찼다.

방에서 쉬던 손님들도 그만 놀라서 다 달아나고 주모만 그저 멀찍이서

134

발을 동동거리며 살펴볼 뿐인데, 유독 홍지명만은 제 자리에 앉아 막걸리를 마시며 느긋이 싸움 구경을 하는 것이었다. 이거야 말로 누가 죽어도 좋은 개잡놈들의 싸움이었다. 칼을 휘두르는 자들은 검을 쓰는 이치를 아는 자들로 이런 싸움에 익숙한 듯했다. 그런데 더 놀라운 것은 나막신을 신은 패거리들이었다. 사방에서 날아오는 장검의 예기를 뚫고 한 사내는 촛대로 상대의 목을 후려쳐 쓰러뜨리고, 또 맨손의 한 사내는 발을 튕겨 나막신으로 상대의 면상을 맞추더니 손바닥으로 가슴을 미는 듯 치더니 제압하는 것이었다.

칼을 놓치고 쓰러진 사내들에게 맨손의 사내가 말했다.

"네놈들은 돈을 쫓아 저런 자를 위해 일했으니 죽어 마땅하다. 하지만 이번 한 번은 봐주겠다. 다시는 이 고장에 나타나지 마라."

그러더니 손바닥을 펴서 두 사내의 등에 차례로 일 장(掌)씩을 먹였다.

"한 삼 년 고생하면 다시 정상으로 돌아올 것이다. 어서 꺼져라."

마당에는 이제 벌벌 떨고 있는 최 선달이란 자만 남았다. 그는 품에서 봉투 하나를 꺼냈다.

"여기 있소. 목숨만 살려주시오."

하지만 그를 둘러싼 사내들은 그럴 마음이 없었다.

"너 때문에 죽은 지사가 몇인 줄 아느냐? 넌 살 자격이 없다."

거대한 나무 봉을 멘 사내가 나서더니 그의 머리 위에 나무 봉을 흔들었다.

"이게 뭔 줄 아느냐?"

겁에 질린 최 선달이 오줌을 지렸다. 그의 바지가 흥건하게 젖어들었다.

"네놈이 왜놈들에게 팔아먹은 그 범종을 치던 나무 봉이다. 이 봉이 말이다 종을 잃고서 밤마다 울더구나. 그러니 이제 네놈 머리를 쳐서 그 한을 풀어야겠다."

사내는 말이 끝나기 무섭게 봉을 휘둘렀다. 한 방에 절명한 최 선달의 모습은 뇌수가 터지고 피가 넘치는 그야말로 참혹 그 자체였다.

그 광경을 보면서 지명은 난감했다. 오늘밤 거사를 위해 동지를 만나야 하는데 뜻밖의 현장을 목격했으니 피할 수도 없고 싸울 수도 없는 곤란한 상황이 되고 말았다. 저들은 지금 다섯 명이나 되는데, 게다가 지금 상황으로 보면 지명의 실력으로도 그들을 제압할 수 있을지 자신이 없었다. 난감해진 지명은 순간 봇짐에 숨겨둔 화승총과 품속의 단검을 점검했다.

괴한들은 시체를 거적으로 싸서 시궁창에 버릴 때까지 지명이 마치 투명인간이라도 된 양 안중에도 없는 듯했다. 그런데 일이 다 끝난 다음 일제히 지명을 바라보고 있는 것이었다.

"네놈은 무슨 배짱으로 거기 버티고 있는 거냐?"

"내 이곳에서 만날 사람이 있어 그런 것이니 상관 말고 가시오."

"상관 말라고? 우리가 한 일들을 네가 다 보았는데?"

"보아 하니 죽은 자는 동정의 여지가 없는 듯하니 내 다른 사람들에게는 함구하겠소."

"왜? 겁이 나시나?"

지명도 더 이상 참을 수는 없는 노릇이었다. 자리를 박차고 일어나 외쳤다.

"무례한 자들이 겁까지 없구나. 오늘이 네놈들 제삿날이렸다!"

그러자 사내들이 껄껄 웃기 시작했다. 무슨 즐거운 일이라도 있는 것처럼 유쾌한 웃음이었다. 사내들이 머리를 잡아당기자 훌러덩 벗겨지더니 전부 대머리가 드러났다.

"반갑소! 내가 오늘 만나기로 한 사람이요. 소승 지월이라고 하오. 어떤 이들은 그냥 지랄이라고도 부릅디다."

지명은 그때 일을 생각하며 쓴 웃음을 지었다. 그 후 몇 번의 임무를 함께하면서 그들은 서로에 대해 너무 잘 알고 있었다.

"그럼 다음 사람을 만나봅시다."

모자를 쓴 여인이 고개를 끄덕였다. 그러더니 밖을 향해 낭랑한 목소리로 외쳤다.

"들어오너라."

문이 열리고 들어온 사람은 여인이었다. 그것도 젊디젊은 여인이었다. 그녀 역시 꽃이 달린 서양 모자를 쓰고 양장을 하고 있었다. 비록 어두컴컴한 방이었지만 그녀가 들어서자 주위가 환해지고 매화 향기가 퍼지는 것 같았다.

"우리 수국부녀회에서 가장 유능한 인재입니다. 인사드려라. 우리와 뜻을 함께하는 분들이시다."

여인은 가볍게 목례를 했다.

"민재영이라고 합니다."

"흠, 아직 젊은 나이인 듯한데 어찌 이런 필사의 임무에 지원했단 말인

138

가?"

안쓰럽다는 듯 익문사의 대표가 물었다.

"저는 이미 한 번 죽은 몸입니다. 황후께서 시해되시던 날 제 목숨도 왜
놈들 손에 능욕당하고 불탔습니다. 그날 이후 오직 복수만 생각하며 살아왔
습니다."

"이 아이가 처단한 적당만 해도 수십 명입니다. 한 번도 실수가 없었지
요."

수국부인회 수장이 덧붙였다.

"그리 추천하시니 여부가 있겠습니까. 그럼 이 두 사람으로 결정합시
다."

익문사의 대표도 동의했다.

"나무아미타불 관세음보살, 그럼 소승이 우리의 계획에 대해 말씀드리
지요."

지명은 가느다란 햇살이 비추고 있는 재영의 옆모습을 보았다. 매화인
가. 오얏꽃인가. 꽃은 꽃인데 조금은 서럽고 조금은 서늘한 기운이 서려 있
었다.

10월 13일 오후 2시. 제물포 청나라 조계지

제물포의 청나라 조계지(租界地)는 다른 외국인 조계지에 비하면 시끄럽고 더러웠다. 특유의 향신료 냄새가 골목을 흐르고 분주히 오가는 사람들은 열차 화통을 삶아 먹은 듯 목청껏 떠들어 댔다. 그야말로 난장이요 도떼기시장이었다. 게다가 오늘은 대륙에서 배를 타고 들어온 곡마단 때문에 더더욱 혼잡스러웠다. 공연장으로 쓸 거대한 천막과 이상하고 진귀한 동물들이 하선하면서 머리가 두 개인 사람을 봤느니 불을 토하는 거인을 봤느니 하는 말들이 퍼져나갔다.

화물들을 내리면서 원영인은 신경을 너무 써 돌아버릴 지경이었다. 곡마단의 짐들은 너무 많고 일손은 부족했다. 짐들이 제대로 내렸는지 확인한 후에 다시 한성으로 들어가 공연장을 지어야 했다. 당장 인부들이 필요했다. 하지만 황태자의 방문 날짜가 가까이 오면서 사람들의 이동이 철저히 통제되고 있었다. 통관 수속을 밟는 일본인들에게 뇌물을 먹이고 부두의 하역 담당에게도 뒷돈을 건넸지만 원하는 만큼 인부들을 구할 수 없었다.

"그러니까, 돈은 얼마든지 더 줄 테니 힘 좀 쓰는 장정들 좀 구해주시오. 한시가 급하오."

아무리 채근해도 부두 감독관은 그저 기다리란 말뿐이었다.

140

"상공, 아무리 애가 타도 밥은 먹어야지요."

홍련이 그를 끌고 음식점으로 향했다. 그런데 그곳에는 원영인의 눈이 번쩍 뜨이는 광경이 펼쳐지고 있었다. 덩치가 산만 한 서양 사내들 대여섯 명이 그들의 옆 테이블에 앉아 중국말로 투덜거렸다.

"이러다간 오늘부터 잠 잘 방도 못 얻겠어."

"배가 오려면 아직 열흘이나 남았는데 그럼 어쩌지?"

보아하니 중국으로 오가는 상선의 선원들인 모양이었다. 원영인이 그들에게 물었다.

"어떤가? 내가 일자리를 줄 수 있는데."

일이 풀리려면 이렇게도 풀리려는 모양이었다.

10월 10일 오전 10시. 왜성대 조선통감부

"이상하지 않은가? 갑자기 청국인들 왕래가 많아졌어."

사이토는 이맛살을 찌푸렸다. 분명 불길한 조짐이었다. 청일 전쟁 이후 조선에서 화교들의 활동은 크게 위축되었다. 게다가 전승국인 일본에서 10만여 명에 달하는 일본인들이 건너와 조선의 요소요소에 포진하면서 패전국의 국민인 화교들 역시 크게 위축될 수밖에 없었다.

"만주 쪽 특임대는 별다른 정보가 없었나?"

미나미 주임이 물었다.

"아니요, 특이한 조짐은 없는 것으로 보입니다."

미나미는 담배를 물고 불을 붙였다.

"그쪽이 모든 정보를 우리와 공유하진 않지. 육군 소속이니까."

일본 제국은 문관과 무관의 갈등이 있었다. 군의 역할이 커지면서 군은 점점 정부의 요직을 차지하기 시작했고 이를 막기 위해 문관들이 견제를 하면서 양측 간의 긴장이 고조되고 있는 상황이었다.

남산이 보이는 왜성대에 자리 잡은 2층 목조 건물이 조선통감부다. 조선통감부의 정보실은 조선의 치안 유지 업무를 담당한 조직이었다.

명목상 그들은 통감의 비서실에 속했다. 외부인들은 그들의 규모에 대해 알지 못했다. 그들은 진고개 쪽의 일식집에 자주 드나들었는데 그곳은 그들의 또 다른 사무실이었다. 그곳에는 조선인 종업원들도 여럿 있었다. 실제 조선인도 있었지만 조선인으로 가장한 일본인들도 있었다.

그들은 일본의 육군 정보부대 출신으로 고도의 첩보 교육을 받은 요원들이었다. 조선말을 조선인보다 잘하고 조선의 사정을 손바닥처럼 꿰고 있는 자들이었다. 그들은 조선인 사회에 침투하여 정보를 수집하고 있지만 그들이 일본의 첩자라는 사실을 조선인들은 전혀 모를 정도로 교묘했다.

"그런데 이건 뭐죠? 황태자께서 오시는 비상시국에 중국 기예단이라니요? 허용해선 안 되는 거 아닙니까? 어떻게 공연 허가가 났는지 모르겠네요."

사이토가 서류를 흔들었다.

"나도 이상해서 확인해 봤는데 통감께서 허가해 주라고 하셨다는군. 축제 분위기 조성에 도움이 될 거라면서. 그리고 청국의 고관들을 상대하는 우리 측 인사가 추천했다는 게야."

"냄새가 나지 않습니까? 하필 지금이라니요. 공연 기간을 이번 황태자 일정이 끝난 뒤로 미뤄야 합니다."

"내 그렇게 되도록 손을 써보겠네. 그나저나 어제 진고개에서 사건이 있었다고?"

"예, 그게 좀 묘한 일이 있었습니다. 고리대금업자인 이시이 조직이 관련된 일인데……"

*

우지끈 하는 둔탁한 소리와 함께 문이 부서졌다. 식사를 하던 사람들이 놀라 바라보니 낭인 복장을 한 일인 사내들이 들어오면서 벌인 짓이었다. 하나같이 험상궂은 얼굴에 칼자국 같은 흉터들이 한두 개씩은 있고 허리에는 크고 작은 일본도를 차고 있었다.

그들은 불문곡직하고 계산대를 발로 차 쓰러뜨렸다. 그 자리를 지키던 어린 처녀는 안색이 새파랗게 질려 어쩔 줄 모르고 주저앉았다.

"주인 나오라 해라. 어이, 주인 어딨나?"

그 서슬에 식사를 하던 손님들은 슬금슬금 밖으로 빠져나갔다. 주인이 나타나지 않자 우두머리로 보이는 사내가 어린 처녀의 멱살을 잡아 일으켜 세웠다.

"네년 애비가 간이 부었나? 이제 우리도 눈에 보이지 않나보구나."

이제 열대여섯이나 됐을까? 아직 소녀티를 벗지 못한 어린 처녀는 새파랗게 질렸다.

"아버님은 외출하셨습니다."

그러자 사내는 어린 처녀의 뺨을 사정없이 올려붙였다. 사내의 억센 손을 견디지 못하고 처녀의 입술과 코에서 피가 흘렀다.

"네년 애비가 이자를 갚지 않으니 이제 네년이라도 끌고 가 팔아야겠다."

사내가 처녀의 머리채를 잡아끌고 처녀는 벗어나기 위해 발버둥을 쳤다. 그 와중에 처녀의 신발이 벗겨지면서 신발 한 짝이 혼자 밥을 먹던 손님을 향해 날아갔다. 찰나의 순간이었는데, 그 손님은 젓가락을 잡지 않은 왼손으로 신발을 낚아챘다.

"그만하지."

그가 앉은 채로 말했다. 일본어였다. 마르고 키가 작은 사내였다.

"상관하지 마라!"

고리대금업자 이시이의 오른팔인 요네다는 근방에서 알아주는 칼잡이였다. 일본에서도 한가락 했다는데 막부파의 신선조 출신이라고 했다. 사실인지 아닌지 알 수는 없었지만 아무튼 칼 솜씨 하나만큼은 최고였다. 조선인 주먹패들과의 싸움에서 그의 칼에 죽거나 다친 사람이 부지기수였다. 그덕에 고리대금업자 이시이는 승승장구했다. 무일푼으로 현해탄을 건너와 지금은 손꼽히는 부자가 되었으니 이는 빌려준 지 세 달 후면 원금을 넘어가는 이자를 받아낼 수 있었기 때문이었다.

"일본인 같은데 왜 조선인 역성을 드는 게냐? 다치기 싫으면 곱게 음식이나 마저 먹는 게 좋을 거다."

그러자 사내는 젓가락을 내려놓았다. 기다란 손가락이 섬세해서 입고 있는 검은 작업복과는 어울리지 않았다.

"그건 나와 네가 황국의 신민이라 그렇다. 타국에서 이런 짓을 하고도 부끄럽지 않느냐?"

요네다는 사내의 점잖은 말투에 조금 주눅이 들었다. 일본에서 온 고관인가? 하지만 그의 옷차림은 하층민의 것이었고 짐도 천으로 둘둘 말은 기

146

다란 보통이 하나가 전부였다. 요네다는 부하들을 둘러보며 웃었다.

"호오, 우리가 지금 협객을 만난 건가?"

그러자 그의 부하 네 명이 낄낄거렸다.

"조심하세요. 저러다 늑대로 변할지도 모르지요."

요네다는 처녀의 머리채를 놓고 사내에게로 갔다.

"동포라도 봐주지 않는다!"

그러자 사내가 일어났다. 침착하게 의자를 집어넣더니 한 손으로 보통이를 잡았다.

"오호라, 그게 칼이었군."

요네다도 칼을 뺄 듯 공격 자세를 잡았다. 이런 싸움은 먼저 기선을 잡는 쪽이 이기는 법. 싸움으로 잔뼈가 굵은 요네다는 그걸 잘 알고 있었다. 오로지 선공만이 승리를 부르는 공식이었다.

요네다는 지체 없이 칼을 뽑았다. 그런데 그의 칼이 칼집에서 반쯤 나온 순간 섬뜩한 기운을 목에 느꼈다. 그게 전부였다. 요네다는 칼을 다 뽑지 못했다.

'이게 뭐지?'

잠시 멈칫 하는가 싶더니 요네다가 고목처럼 고꾸라졌다. 그의 목에서 피가 분수처럼 솟구쳤다. 이를 본 처녀가 비명을 질렀다. 고막을 찌르는 비명이 실내를 채우는 동안 요네다의 일행들은 눈앞에 벌어진 일을 도무지 믿을 수가 없었다. 분명 사내가 칼을 뽑아 요네다의 목을 베었는데 아무도 사내가 칼을 뽑는 순간을 보지 못했던 것이다. 손가락이 길고 섬세한 그의 손은 어느새 검집으로 들어간 칼자루를 쥐고 있었다.

*

"그러고 나서 사라졌다?"

미나미가 흥미로운 듯 물었다.

"예, 그런데 이시이 패거리는 시신만 수습하고 일체 말을 안 한답니다."

"더 알아보지 그랬나?"

사이토는 머리를 저었다.

"귀신같이 잠적했답니다."

"목격자들의 말이 사실이라면 요네다를 죽인 자는 일본에서도 최고 반

열의 고수일 걸세. 그런 자가 왜 조선에 왔지?"

10월 11일 오전 5시. 남산

 남산은 조선 후기 가난한 선비들이 모여 사는 마을이었으나 개항 후 일본인들이 몰려오면서 조선인들의 자취는 사라지고 이제는 일본인들의 집단 거주지로 바뀌었다. 아직 날이 밝기 전, 가을에 접어든 날씨는 제법 쌀쌀했다. 불빛이 드문드문 보이는 어스름 속, 남산의 우거진 숲에서 내려다보는 마을은 언뜻 보면 평화롭기 그지없는 풍경이었다.

 "이쯤이 좋겠군요."

 지명이 길을 내려다보며 말했다. 그 길은 일인들이 세운 신궁으로 가는 길이었다.

 "사전에 철저히 검색할 것입니다."

 재영은 걱정스러웠다. 그들은 비밀 조직의 수녀들과 함께 이미 수차례 일본 황태자의 일정을 점검했고, 마침내 지명이 수행할 최적의 저격 장소를 찾아냈다. 그곳이 바로 지금 그들이 답사하고 있는 이곳 남산의 숲이었다. 일본 황태자는 남산에 세운 일본의 신궁을 방문할 예정이었다.

 "우리 고향에서 사냥꾼들은 산짐승들의 길목에 자리를 잡고 며칠이고 숨어 있기도 하오. 짐승들은 사람보다 감각이 예민하기 때문에 제대로 은폐하지 않으면 사냥에 성공하기 힘들지요. 그에 비하면 이것은 일도 아니니

150

너무 걱정하시 마시오.”

지명은 재영을 안심시키면서 그의 눈을 바라보았다. 사내처럼 검은 위장복을 입고 있었지만 재영은 분명 여인이었다. 무기를 들고 사람을 죽이기엔 어울리지 않는 아직 젊고 아름다운 사람이었다. 지명의 얼굴이 잠시 붉어졌지만 다행히 어둠이 가려주었다.

“동지께선 어찌할 생각이오?”

마음을 감추려고 그는 애써 담담한 어조로 물었다.

“이런 일엔 남자보다 여자가 유리하지요. 황태자가 묵는 빈관의 하녀로 잠입할 겁니다. 이미 손을 써두었습니다. 듣자니 황태자가 성격이 변덕스럽고 방종하여 제멋대로 행동하는 일이 많답니다. 가까이만 있으면 기회는 많을 겁니다.”

“누구든, 먼저 성공하면 다른 사람에겐 기회가 없을 것이오. 그렇다면 기회를 잃는 쪽은 그대가 되었으면 좋겠소. 가능하다면 내가 성공하는 쪽이되고 싶구려.”

두 사람은 서로를 바라보며 잠시 말이 없었다. 누가 성공하든 이것이 마지막 임무가 될 것은 확실했다.

그들은 조용히 산을 내려가기 시작했다. 요인들이 사는 곳이라 경계가 제법 삼엄했기 때문에 길을 피해 나무 사이로 내려갔다. 어스름을 벗은 거리는 아침 해가 따뜻하게 비추고 있었다. 어느새 검은 위장복을 벗은 두 사람은 평범한 한 쌍의 부부가 되어 왜성대의 거리를 걷고 있었다. 도포를 입은 사내는 가방을 들고 일 보 앞장서 걷고 치마저고리를 입은 여인은 큰 보통이를 안고 종종 걸음으로 뒤를 따랐다. 그들은 여관으로 들어가서 방을 하나 잡아 짐을 풀고, 이내 식당으로 밥을 먹으러 갔다. 누군가 그들을 미심쩍게 생각하고 미행한다 해도 전혀 이상한 점은 없었다. 그만큼 그들은 자연스러웠고 거리낌이 없었다. 식사를 마치고 그들이 찾은 곳은 시장이었다. 작은 가게들이 다닥다닥 붙은 좁은 골목에서 그들은 작은 문을 하나 열고 안으로 들어갔다.

생선 비린내가 코를 찌르는 어물전의 창고였다. 어물 상자들이 켜켜이 쌓여 있는 곳을 지나자 작은 공간이 있었다. 그곳에는 안경을 쓴 노인이 장부를 정리하고 있었다. 장부 정리를 하는 틈틈이 잔기침을 했는데, 그럴 때면 탁자 위의 차를 마셨다.

"검문검색이 강화되기 시작했네. 황태자가 지나는 동선은 모두 휘장을 쳐서 가릴 걸세."

"그것 잘 됐군요. 막는 담이 있으면 외려 숨어서 총을 쏘기가 쉽지요."

"만일을 위해서 무기는 이곳에 두고 거사 당일 찾아가게. 대피할 때 필요한 물품들도 다 상자에 넣어두었네. 자네는 강원도에서 올라온 황태를 찾으면 되고, 자네는……."

하고 여인을 가리켰다.

"전라도에서 올라온 조기를 찾으면 되네. 두 사람 중 누구든 성공을 비네."

여관방은 좁았다. 이불을 펴고 나니 작은 상을 하나 두고 마주 앉기도 벅찬 모양새였다. 전등을 달지 않아 작은 호롱불이 전부였다.

웃풍이 심해 불꽃이 이리 저리 흔들릴 때마다 두 사람의 그림자가 벽에 어른거렸다. 아무리 부부로 위장했다고는 하지만 거사를 위한 자리에서 몇 번 스치듯 만났을 뿐이다. 이렇게 단 둘이 있는 것은 이번이 처음이고, 만난 지 하루도 안 되는 사이였다. 아직 여자 경험이 없는 그야말로 숫총각인 지명은 이렇게 가까운 거리에서 여자와 마주 보는 일 자체가 처음이었다. 죽음을 각오해야 하는, 절체절명의 거사를 목전에 둔 전사이기에 앞서, 지금 이 순간의 지명은 어쩌면 부끄러움을 타는 일개 필부요 숫총각이었다.

재영은 그에 비하면 어색함이 조금은 덜했다. 그녀는 지금까지 황후의 복수를 위해 살았다. 복수를 위한 일이라면 자신의 미모를 무기로 쓰는 일도 마다하지 않았으며, 그녀와 가까운 거리에 있었던 사내들은 모두 죽었다. 무슨 말인가. 지금까지 그녀는 그녀가 죽이려는 사내들에게만 곁을 주었다는 뜻이다. 그녀에게 사내란 그저 하찮은 존재였다. 그녀가 아는 사내들은 둘 중 하나였다. 약해빠져 하등 쓸모가 없거나 악독해서 치워버려야 하는 존재. 제구실을 못 하는 사내들의 나라, 그곳에서 피해를 보는 건 언제나 여인들이었다. 얼마나 많은 조선의 여인들이 억울하게 죽어갔는지 그녀는 똑똑히 보았다. 황제와 대신들이 제구실만 했다면 황후와 궁녀들도 억울한 죽음을 당하지 않았을 것이다. 솔직하게 말하자면, 재영에게 조선의 남자들은 경멸의 대상이고, 일본의 남자들은 증오의 대상이었다. 그 이상도 그 이하도 아니었다.

수국부인회 역시 그런 점을 강조했다.

154

나라가 위태롭다. 너희들의 생명은 더 이상 너희의 것이 아니다. 또한 너희들은 이제 여자가 아니다. 그냥 전사일 뿐이다. 오로지 명에 따라 움직여라. 어떠한 체면도 자존심도 너희에겐 없다. 엄격하게 말하자면 너희는 지금부터 죽은 목숨이다. 어떤 경우에도 살 길은 없다. 그저 이 나라를 위해 죽어라. 적을 죽이기 위해서라면 정조도 버리고 양심도 버려야 한다. 무기를 들면 조금의 망설임도 없어야 한다. 자비는 없다. 네가 죽이는 적, 하나하나가 이 나라를 좀 먹는 해충들이다.

사내를 죽이는 가장 효과적인 방법은 그의 품에 안기는 것이었다. 사내는 여자를 안을 때 자신의 가슴을 노출하기 마련이다. 어디를 찔러도 죽일 수 있는 모든 급소가 무방비 상태가 되는 것이다. 그런 까닭에 그녀의 무기는 대개 짧은 단검이었다. 또한 몸수색에 대비해 머리에는 나비 모양의 머리핀이 있었다. 그 머리핀의 끝을 벗기면 날카로운 송곳이 되었다. 송곳을 감싸는 껍질 속에는 독이 발라져 있었다. 피부에 스치기만 해도 죽음으로 몰고 가는 맹독이었다.

그런데 지금 재영의 앞에 있는 사내는 재영이 죽여야 하는, 지금까지 만났던, 그런 사내가 아니었다. 저 사내. 서로의 숨소리까지 들리는 거리에 앉아 있는 저 사내는 이제 그녀와 함께 거사를 치르고 함께 목숨을 버려야 하는 같은 운명의 동지였다. 어쩌면 처음이자 마지막이 될 사내였다.

"내일부터 시작이군요."

지명이 어색함을 깨려 헛기침을 하고는 말을 걸었다.

"그렇습니다. 저는 권번으로 가서 그곳의 소개로 황태자가 머물 숙소로 들어가게 됩니다."

"권번은 기생들의 조합 아닌가요?"

"그렇습니다. 기생들만 있는 것이 아니라 어린 기생 지망생들이 기예를 배우는 곳이기도 하지요. 황태자 일행이 들이닥치면 시중을 드는 일손이 부족하기 때문에 접대 예절을 아는 여성들이 많이 필요하게 됩니다."

"기생들도 가겠군요."

"기생들은 연회에만 오기 때문에 기회를 잡기가 어렵습니다. 물론 기녀들 중에도 우리 회원이 있기는 합니다."

"상세한 이야기를 묻는 것은 실례겠지만 궁금한 점이 있습니다."

"어차피 며칠 안 남은 삶인데 숨길 게 무어 있겠습니까. 물어보십시오."

지명은 헛기침을 했다. 이런 걸 묻다니 이상하게 생각할 수도 있겠다 싶은 걱정도 들었다.

"거사가 성공한 후에 탈출 계획은 있습니까?"

딱딱 인경을 치는 소리가 들렸다. 문단속 잘 하고 불조심하라는 인경꾼의 소리가 먼 듯 가까운 듯 어슴푸레 들려오는 밤이었다.

재영은 그 소리를 마치 처음 들어보는 사람처럼 집중해서 들었다. 그 덕에 방안은 침묵이 한참 머물렀다.

"거사가 성공한 이후의 계획은 없습니다. 저는 일본의 황태자와 함께 벌거벗은 채 죽는 것이 목표입니다. 먼저 황태자를 죽이고 저도 자진해야겠지요. 그런 모습으로 발견되면 일인들도 추문을 덮기 위해 함부로 설치지 못할 것입니다. 어쩌면 황태자가 병으로 자연사했다고 발표할지도 모르지요. 그러면 우리 측의 피해도 최소화할 수 있을 것입니다."

"그렇다면 내가 저격하는 것은 그대가 실패한 후의 작전이 되어야 되겠군요."

"그렇습니다. 제가 성공하는 것이 먼저입니다. 그것이 상책입니다."

지명은 그녀의 하얀 미간을 바라보았다. 차가운 듯 파르스름한 기운이 미간을 타고 코와 입술 그리고 턱까지 부드럽게 흐르고 있었다. 사실 재영은 어릴 때부터 그 미색이 남달랐다. 지금 또한 시절만 좋았으면 천하일색의 미녀로 불리기에 아깝지 않을 그런 용모였다.

사실 재영이 모르고 있는 게 있었다. 지명의 저격 장소는 남산뿐이 아니었다. 지명은 남산 외에도 또 하나의 장소를 물색해 두었던 것이다. 익문사와 수국부인회는 서로 다른 기관이었다. 협조는 하지만 서로 감추는 것도 있었다. 지명은 지금 자신이 먼저 성공해야겠다며 자신의 결심을 더 굳히고 있었다. 그가 성공하면 이 여인이 목숨을 잃는 일도, 벌거벗은 채 일인 사내와 주검으로 발견되는 끔찍한 최후도 없을 것이다. 자신의 거사가 죽음으로 완수해야 하는 것이라면, 그 대가로 이 하나만큼은 꼭 이루고 싶다는 결의를 가슴 깊이 새기고 있었다. 그 순간이었다.

"동지께 부탁이 하나 있습니다."

그의 생각 속으로 재영의 말이 불쑥 들어왔다.

"말씀하시지요."

"저번에 듣자니 동지께서도 이번 일에 목숨을 거셨다고요?"

"그렇소, 이 목숨 하나 살자고 일을 벌이면 실패하기 쉽지요. 나 또한 이번 거사가 내 목숨의 마지막이 될 것이오."

재영이 손을 내밀어 지명의 손을 잡았다. 지명은 마치 손등에 불씨라도 떨어진 듯 움칠했다. 지명의 귀에 자신의 심장이 뛰는 소리가 들렸다.

"그러시면 안 됩니다. 동지께서는 꼭 살아주세요. 이 나라는 지금 동지와 같은 분들이 필요합니다. 저는 살아도 사는 게 아닌 세월을 살았습니다. 오직 복수의 일념 하나로 살아왔습니다. 제가 복수를 끝내는 것은 오히려 제 자신에게 휴식을 주는 일입니다. 그러니 동지께서는 이번 거사 후에도 목숨을 보전하셔야 합니다. 앞으로 닥칠 더 힘든 일들을 죄송하지만 동지께서 맡아주셨으면 좋겠습니다."

"고마운 말씀입니다. 하지만 전 우리 둘 모두 살아남을 수 있었으면 하는 바람입니다. 나라를 지키는 일에 무슨 남녀가 따로 있고 귀천이 따로 있겠습니까. 내가 산다면, 물론 그렇게 될 확률은 희박하겠지만, 설령 내가 산다 한들 그대가 죽는다면 나는 오히려 불행해질 것이오."

두 사람은 잡은 손을 놓지 않고 서로를 바라보았다. 어쩌면 시한부 선고를 받은 두 사람이었다. 생의 남은 시간이 코 앞으로 다가온 남자와 여자의 시선이 아프게 섞이고 있었다. 재영의 눈에 눈물이 고였다. 지명은 잡았던 한 손을 풀어 재영의 눈물을 닦아주었다.

첫서리가 내린 가을밤이었다. 사내의 품속에서 여인이 울었다. 그 소리 밖으로 새어나갈까 두려워 사내의 가슴만 적시며 섧게 섧게 속으로 울었다. 사내의 가슴에 서리 같은 눈물이 맺힌 가을밤이었다.

10월 14일 오전 10시. 제물포 일본 조계지

"황태자 전하를 모실 준비는 다 됐겠지?"

사무라이 복장에 칼을 찬 사내가 창가에서 바다를 바라보며 서 있었다. 구로다였다. 백오십 센티미터나 될까 말까 한 작은 키였지만, 다부지게 벌어진 어깨와 단단한 근육으로 무장한 구로다는 이곳 인천의 일본 조계지를 실질적으로 관리하는 두목이었다.

인천은 고구려의 비류 왕자가 남하하면서 근거지로 삼을 만큼 유서 깊은 땅이었다. 비록 온조의 백제에 밀려 합병되긴 했으나 중국으로 향하는 해상 교통의 요충지로서 중시되던 곳이었다. 조선 태종 때 인천이란 이름으로 격하되고 개항기에는 외국에 대한 개항지로 선택되면서 제물포로 불리게 되었다. 제물포는 당시 한성 못지않은 도시였다. 한성과 제물포를 잇는 철도가 개통되었고 외국인들이 모여들면서 일본 조계지, 청국 조계지, 만국 공동 조계지 같은 외국인 집단 거주 구역도 생겨났다. 조계지에는 각종 편의 시설은 물론 유곽도 있었다. 일자리를 구하기 위해 몰려든 조선인들 역시 그곳에 교회를 세우고 영화관을 짓기도 하였다.

하지만 잇단 전쟁의 승리로 일인들의 기세가 강해지면서 제물포는 사실상 일인들의 도시가 되었다. 일본 조계지는 거류민단이란 이름의 조직이 관리했다. 겉으로는 그랬다. 그러나 거류민단의 단장보다 위에 있는 것이 구로다가 지휘하는 조직이었다. 이 조직은 밖으로는 알려지지 않았다. 그도 그럴 것이 일본의 지령을 받아 움직이는 일본 정부의 비밀 기관이기 때문이었다. 구로다 역시 신분이 사무라이에서 일본 육군 연락부 소속을 거쳐 거류민단을 관리하는 승일회 소속으로 바뀌었다. 그들이 하는 일은 간단했다. 일본 정부가 나서서 하기 어려운 일들을 대행하는 것이었다. 그들은 특히 조선인이나 청국인 같은 외국인들과의 분쟁에 개입했는데, 말보다는 칼을 앞세워 해결하곤 했다. 오죽하면 인천은 살기 좋은 곳이지만 왜놈들 위세가 무서워 못 간다는 말이 돌 지경이었다.

"예!"

십여 명의 무사 복장을 한 사내들이 입을 맞춰 대답했다. 그들은 각각 하나의 조를 이끄는 두목들이었다.

"통감부만 믿어서는 안 된다. 이곳은 세계의 오만 잡놈들이 다 모여드는 국제항이다. 우리 황태자 전하를 노리는 세력들도 분명 있을 것이다. 더군

162

다나 북쪽에서 콜레라가 유행해서 이를 막느라 많은 인력이 동원되었다. 그러니 그 공백은 우리가 메워야 한다. 만약 황태자 전하의 신상에 조금이라도 불미스러운 일이 생기면……."

구로다는 청국의 배가 들어오는 모습을 보며 말을 이었다.

"우린 모두 배를 갈라 죄를 물어야 할 것이다."

거의 같은 시간에 청국 조계지에서도 모임이 있었다. 일인들의 모임과 다른 점이라면, 그들이 모인 곳은 식품 창고 깊숙이 숨겨진 밀실이라는 것이었다. 복장도 제각각이었다. 이십여 명의 사내들 중 어떤 자는 청국 군복을 입고 있었고 어떤 자는 허름한 노동자 차림새를 하고 있었다.

"이 땅에서, 이 바다에서 죽어간 동지들을 위해 복수할 기회가 드디어 왔소 우리가 적의 황태자를 죽인다면 세계는 우리의 의거에 박수를 보낼 것이오"

청국 장교복을 입은 자가 운을 떼자 모두들 고개를 끄덕였다.

"그런데 본국에서는 아무 지원도, 소식도 없습니까?"

노동자 차림새를 한 사내가 물었다.

"본국을 믿지 마시오. 그들은 지금 제 살길 찾느라 급급해서 복수 따위는 엄두도 내지 못할 테니."

장교복의 사내가 언성을 높였다.

"그들은 일본 오랑캐들에게 형제를 잃어보지 않은 자들입니다. 이 일에 끼어들 자격도 없지요."

무리 중 한 사내가 외쳤다. 모두들 고개를 끄덕였다.

"우리는 만반의 준비를 끝냈소. 이제 복수의 시간이 시작될 거요. 우리 모두 이번 거사에 목숨을 바칩시다. 자 술을 돌리시오."

장교복 사내의 말에 따라 그들은 숙연하게 술 단지를 돌렸다.

"이제 이 술을 마시면 돌이킬 수 없소."

그들은 모두 단숨에 잔을 비웠다.

4부. 조선 입성

10월 16일 오전 11시. 제물포 앞바다

먼바다에서 군함들의 모습이 보이기 시작했다. 청과 러시아를 물리쳐 일본을 전승국으로 만든 전함들이었다. 사절단의 대표인 아리스가와 대장궁이 타고 있는 기함 가시마와 황태자가 타고 있는 전용함 가토리가 나란히 선두를 섰으며 호위함들이 그 뒤를 따르고 있었다.

이미 항구는 환영객과 구경꾼들로 인산인해를 이뤘다. 전함들은 바로 입항하지 않고 제물포 앞바다에서 대오와 열을 바꾸는 전함 기동을 보여주면서 자신들의 위용을 과시했다.

오전 11시 30분 무렵, 드디어 각자 정해진 정박지로 배들이 들어섰다. 가토리의 돛대 위에는 붉은 바탕에 일본 황실의 상징인 국화 문양이 그려진 거대한 깃발이 펄럭이고 있었는데, 그것이 바로 황태자를 상징하는 황태자기였다.

전함들이 모두 정박을 마치고, 21발의 예포가 발사되었다. 귀를 찢는 듯한 포성이 제물포의 앞바다를 뒤덮었다. 소리는 바다를 가로질러 제물포의 산까지 도달해 반향을 일으켰다. 수많은 구경꾼들을 놀라게 하기에 충분했다.

이토 히로부미 조선통감과 군 장성들이 조선통감기를 단 세관의 배를 타고 황태자를 맞이하러 갔다. 황태자는 자신 앞에 고개를 숙인 이토와 장군들을 보며 무척 기분이 좋은 듯했다.

"바다 건너 조선까지 찾아주시니 다시 없는 영광입니다."

이토가 고개를 숙이며 인사말을 하자 태자는 호탕하게 웃었다.

"바다라는 게 생각보다는 얌전하고 길도 가깝더군요. 소풍하는 기분으로 왔소."

"대제국의 황태자께서 오시니 용왕도 예를 갖춘 듯합니다."

황태자는 이토의 얼굴을 바라보며 말했다.

"못 본 사이 많이 늙으셨구려. 조선에서 일하는 게 만만치 않은 모양이오."

"황공하옵니다. 조선은 조용하오나 조선을 둘러싼 열국의 상황이 만만치 않은지라……."

태자가 이토의 말을 잘랐다.

"내 듣기로 조선으로 부임하면서 본국의 이름난 게이샤들을 동반했다고 하더군요. 그리고 통감 관저에서 일하는 여인들도 하나같이 미인들이라 하던데, 내게 소개시켜주지 않겠소?"

이토는 고개를 더욱 숙였다.

"헛소문이옵니다. 하지만 전하의 시중을 들기 위해 만반의 준비를 하였습니다."

"오호, 그래요? 내 기대하겠소."

이토는 허리를 천천히 세우면서 황태자를 바라보았다. 일순, 두 사람의 시선이 마주쳤다. 마치 허공에서 불꽃이 튀는 듯했다. 황태자는 잊지 않고 있었다. 자신이 병약하다는 이유로 황손에게 황위를 넘겨야 한다고 주장했던 신하들 중 대표가 바로 눈앞의 인물이었다. 이토는 천황과도 너무 가까웠다. 황태자가 천황이 된다면 가장 먼저 제거해야 할 정적이었다.

"자, 그럼 이제 조선의 땅을 밟으러 갑시다. 며칠 배를 탔더니 육지가 그립소만."

황태자가 재촉하자 이토가 말렸다.

"조금만 기다려 주십시오. 아직 때가 안 되었습니다."

"때라니? 무슨?"

"조선의 황제가 이곳으로 직접 나올 것입니다."

황태자로서도 그 정도까지는 미처 예상하지 못했었다. 아무리 약소국이라 하나 일국의 황제가 수도를 떠나 이곳까지 오는 것은 상식을 벗어난 과한 예우였다. 그야말로 파격이었다.

"과연, 통감의 위세가 조선을 벌벌 떨게 하는 모양입니다."

황태자는 비꼬듯이 한 마디 하고 말았지만 속으로는 이토란 인물에 대한 경계심이 점점 더 커지는 것을 느끼고 있었다.

10월 16일 오전 11시. 한성 창덕궁

대한제국황제 순종은 훈장이 주렁주렁 달린 대원수복을 입고 창덕궁을 나섰다. 역시 군복을 입은 태자도 함께했다. 그의 군복에 달린 훈장은 일본 천황이 보낸 것이었다. 기마 호위대를 앞세우고 군악대가 연주를 하는 위풍 당당한 행렬이었지만 조선 역사에 전례가 없는 왕의 출궁이었다. 아무리 일본에 의해 고종이 강제 퇴위되고, 억지로 황제가 된 애송이라 하지만 그의 이번 출궁은 사람들의 비아냥과 수군거림을 막을 수 없었다.

마차는 남대문역에 도착하였고, 황제 일행을 실은 기차는 낮 12시 15분 제물포로 출발했다. 한 시간 반이면 기차는 일본 황태자가 상륙하는 항구에 도착할 것이었다. 물론 순종이 직접 나가는 일에 대해 반대들도 있었다. 하지만 태황제 고종의 지시가 있었다.

"직접 나가 고개를 숙여라. 그것이 적의 경계를 느슨하게 만들 것이다. 나라의 명운이 걸린 일이니 황제의 자존심 따위는 버려라. 그 뒤의 일은 내가 알아서 할 것이다."

황제의 전용 기차가 제물포를 향해 달리기 시작했다. 아니다. 이제 다시는 돌이키지 못할 어떤 운명을 향해 돌진하는 듯했다.

황제의 전용 기차가 달리는 길옆으로는 삼엄한 경계가 곳곳에서 펼쳐지고 있었다. 철도 양편으로 주요 길목마다 일본군이 열을 맞춰 경계를 서면서 긴박한 풍경을 연출하고 있었다.

10월 16일 낮 12시 30분. 제물포의 왕 저택

"시간이 없다. 어서 옥상 위로!"

총과 칼을 든 십여 명의 사내들이 뛰어다니고 있었다. 그곳은 서양식으로 지은 석조 저택이었다. 이미 경비원으로 보이는 제복을 입은 시체가 서넛 바닥에 뒹굴고 있었다. 인천의 바다와 시가지가 한눈에 내려다보이는 곳이었다. 일찍이 조선의 개화가 시작된 곳이 인천인지라 각국의 대사관과 영사관이 앞다투어 설립되고 청국 조계지, 일본 조계지, 그리고 만국 공동 조계지로 나누어진 거주 구역에는 여러 서양 회사들도 들어와 사옥을 짓고 저택을 지었다. 그중에서도 가장 화려한 것은 독일 상인 볼터의 저택이었다. 볼터는 동업자와 함께 세창양행이라는 무역회사를 운영했다. 쌀, 콩, 소가죽을 수출하고 독일제 바늘, 염료, 약품 등을 수입했는데 특히 금계랍으로 불리웠던 약품 키니네는 학질 치료약으로 알려졌지만 조선인들 사이에는 만병통치약으로 소문이 났다. 하지만 이런 상품 수출입은 그저 눈가림에 불과했고 진짜 큰 이권은 따로 있었다. 해외 차관의 도입, 광산권 같은 정치권력과 손잡고 은밀하게 이득을 챙기는 사업들이었다. 볼터는 이렇게 벌어들인 돈으로 조선의 요지에 수많은 부동산을 소유하였는데, 특히 인천에 많은 땅과 건물을 가지고 있었다. 그런 그를 시중에서는 제물포의 왕이라고 불렀다. 그런데 지금 제물포 왕의 저택에 괴한들이 침입한 것이었다.

대부호의 저택답게 경비도 엄중했지만 소용이 없었다. 괴한들은 이미 오래전부터 볼터의 집안에 일당을 잠입시켜 두고 있었다. 그에 의해 문이 열리고 경비들이 피살되는 동안에도 저택 바깥으로는 큰 소리가 새어나가지 않아 아무도 그런 사건이 벌어지고 있는지 알지 못했다.

괴한들은 매우 잘 훈련된 군인들이었다. 경비를 해치울 때도 총을 쓰지 않고 칼을 이용해 순식간에 목을 베었다. 집주인 볼터는 황태자를 맞이하는 행사에 참석하느라 집을 비운 상태였고, 황태자 행사에 가지 못한 소수의 고용인들만 남아 있었기 때문에 저택은 손쉽게 그들의 수중에 떨어졌다.

그들은 짐들을 한 짐씩 지고 윗층으로 올라갔다. 널찍한 옥상에는 바퀴가 달린 수레 같은 구조물이 있었다.

"서둘러라! 곧 황태자가 상륙할 것이다."

우두머리로 보이는 사내가 낮은 목소리로 지휘했다. 그들이 쓰는 말은 중국어였다.

괴한들은 짐을 풀어놓고 수레 위에 검은 원통형의 길쭉한 포신을 올려놓았다. 그것은 전함에 장착되는 대포였다. 곧이어 화약과 포탄이 옆에 놓였다.

우두머리는 외눈 망원경을 길게 폈다. 그가 바라보는 곳은 역에 설치된 환영대였다. 조금 있으면 그곳에 조선의 황제와 일본의 황태자, 그리고 조선통감을 비롯한 일본의 주요 인사들이 자리할 것이었다.

"조준할 수 있겠지? 한 번에 명중시켜야 한다. 대청 제국 북양 함대에서도 손꼽히는 명사수이니 그대만 믿겠다."

그러자 대포를 장치한 사내가 고개를 끄덕였다.

"아직도 눈을 못 감고 황해 바다를 떠도는 원혼들을 생각하라. 이번에 우리가 황태자를 죽이면 풍도 해전의 참패를 지워버릴 수 있을 것이다. 무능한 조정을 대신해 우리가 이 일을 꼭 성공시켜야 한다."

독일 상인 볼터는 환영식단에 자리 잡고 세관의 관리들과 환담 중이었다. 그의 원칙은 항상 세관에서 가장 우대받는 것이었다. 그의 상품은 언제나 제일 먼저 들어왔고 변변한 검수조차 받지 않았다. 영국이나 미국의 회사들은 언제나 그보다 늦었다. 물론 그러기 위해서는 물밑 작업이 중요했다. 볼터는 상하 가리지 않고 모든 관리들에게 최선의 성의를 보여주었고,

세관의 관리 치고 그의 돈을 받지 않은 자는 없었다.

"요즘은 영국의 이상한 화물이 이곳 제물포항을 통해 대륙으로 들어간다더군요?"

"이상한 화물이라니요?"

세관의 실질적 책임자인 모리가 의아하다는 표정으로 물었다.

"글쎄요, 소문이라 확실치는 않지만 아편 같다는 말도 있어요."

"어허! 그런 곤란한 일이!"

모리는 하얀 장갑을 낀 손을 비볐다. 볼터는 그런 그를 보며 속으로 웃었다. 모리가 모르는 화물이 세관을 통과할 수는 없다. 필시 엄청난 뒷돈을 챙겼을 것이다.

"아, 그저 소문일 뿐이고 만약에 사실이라 해도 난 상관 안 합니다. 그저 우리 화물들만 제 시간에 들어오면 되니까요. 하지만 제물포항의 조선인과 중국인 부두 노동자들 사이에 피로를 잊게 해주는 약이 돈다는 말이 들린 건 꽤 오래 됐지요."

그때였다. 제복을 입은 사환이 쟁반에 쪽지를 담아와 볼터에게 내밀었다. 볼터는 쪽지를 읽더니 안색이 변했다.

"잠깐 실례해야겠습니다."

"왜 무슨 일이라도……?"

볼터는 손을 저으며 자리에서 일어났다.

"아, 뭐 별거 아닙니다. 금방 처리하고 오지요."

이미 시내는 사람들로 인산인해를 이루고 있었다. 이런 엄청난 규모의
행사는 일본인들뿐만 아니라 조선인이나 외국인들에게는 평생에 한 번 볼
까 말까 한 구경거리였다. 일본인 거류민단은 거금을 조성하여 도심지 곳곳
에 전깃불이 들어오는 환영문을 세웠고, 길마다 흰 모래를 깔아 깨끗하게
보이게 했다. 또한 집집마다 화려한 휘장을 치고 일장기와 등을 달았으며,
조선통감부의 지휘 아래 조선식 집들이 눈에 거슬린다 하여 황태자가 지나
가는 동선의 집들은 모두 막을 쳐서 가려버리기도 했다.

볼터는 일본에 대한 성의를 보이기 위해 동산 위에 위치한 자신의 저택
에 화려한 전등을 달았고 중심가에는 자신의 돈을 들여 환영문도 세웠다.
그는 독일 사람이었지만 조선에서 사업을 하려면 일본인들의 환심을 사야
한다는 사실을 너무나 잘 알고 있었다.

"어딜 그리 급하게 가시오?"

조선 관리가 그의 팔을 잡았다. 경기도 관찰사 이규환이었다.

"아, 마침 잘 만났습니다. 특경들도 배치되었겠지요?"

특경은 대한제국의 경찰 중에서도 가장 정예들이었다.

"물론이지요. 황제께서 오시는데 여부가 있겠습니까?"

10월 16일 오후 1시 30분. 제물포 앞바다 태자함

"이제 출발하시지요."

이토가 황태자에게 고했다. 항구로 들어가기 위해서는 작은 배로 갈아타야 하는데 황태자의 상륙을 위한 배가 준비된 것이다. 황태자는 배를 갈아타며 이토의 손을 빌렸다. 그리고 손을 잡은 채로 넌지시 말했다.

"이제 내 목숨은 공의 손에 달렸군요."

이토는 희미하게 웃었다.

"소신, 목숨을 걸고 전하를 지킬 것입니다."

"압니다. 그런데 말이오……."

황태자는 이토의 눈을 똑바로 바라보았다. 순간 이토는 움찔했다.

'요시히토에게 저런 눈빛이 있었다니……'

이토에게 황태자는 언제나 어리고 약한 아이였다. 곱게 자라 떼나 부리는 어리광쟁이가 아니었던가. 그 성정은 커서도 버리지 못해 제멋대로 행동하고 방탕하다는 소문도 익히 듣고 있던 터였다. 하지만 지금 그의 눈빛은 그게 아니었다. 마치 이토의 속을 꿰뚫기라도 하는 듯했다.

"공은 이미 살 만큼 살았단 말이지요. 만일 내 목숨과 공의 목숨을 맞바꾼다면 아무리 생각해도 내가 손해 아닐까요?"

179

"허허, 농이 지나치십니다. 저는 전하의 명을 받드는 신하이옵니다."

이토는 등에서 식은땀이 흐르는 것을 느꼈다.

'만만치 않구나!'

어쩌면 상대를 너무 몰랐던 게 아닌가 싶었다. 이토는 무거운 돌이 가슴을 누르는 듯한 느낌이었다.

"조선은 그대의 땅 아니었던가? 그저 그대의 처분만 바랄 수밖에……."

바다에는 환영객이 타고 있는 배들로 가득했다. 그들은 황태자의 배를 향해 일장기를 흔들며 환호성을 질렀다.

황태자의 배가 부두에 도착하니 일본인 거류민단이 설치한 화려한 잔교가 황태자 일행을 맞이하고 있었다. 전함에서 미리 상륙한 병사들이 부두를 물샐틈없이 경비하는 가운데 황태자는 드디어 조선의 땅에 발을 디뎠다. 그 모습을 보면서 일본인들은 일제히 감격의 눈물을 흘렸다.

일본과 조선의 요인들이 나와서 황태자를 영접했다. 총리대신 이완용도 그 자리에 있었다.

"대일본 제국 황태자께서 왕림하시니 조선의 광영이옵니다."

황태자는 그 말을 듣는 듯 마는 듯 무심히 지나쳤다. 길은 일본군 경비대로 싸여 있었고, 그 뒤로 환영객들과 구경꾼들이 인산인해를 이루었다.

순종 황제가 기다리는 제물포역까지는 300미터의 거리였다.

"마차에 오르시겠습니까?"

이토가 물었다. 황태자는 환호하는 환영객들을 바라보며 고개를 저었다.

"아니, 걸어가겠소. 배를 오래 타서 그런가 땅을 밟는 느낌이 상쾌하군요."

순간, 경비를 담당한 일본군 장교가 울상이 되었다. 이 얼마나 위험한 순간인가. 아무리 삼엄한 경비를 편다 해도 허술한 곳이 너무 많았다. 하지만 황태자는 아랑곳하지 않고 연도의 사람들을 좌우로 바라보면서 걷기 시작했다.

볼터 저택의 망원경에도 그 모습은 잘 보였다.

'저럴 줄 알았으면 길가에 저격수를 준비해도 되는 거였는데……'

암살단의 우두머리는 혀를 찼다. 지금 그의 눈에 비친 일본의 황태자는 담대한 것인지, 무모하고 겁 모르는 하룻강아지인지, 도무지 알 수 없었다.

포격 위치는 역사 내에 설치된 휴게실이었다. 그의 목표는 황태자와 함께 최대한 많은 일본인 고위 관료를 죽이는 것이기 때문이었다. 그중에 조선의 왕이 있든 말든 그런 것은 당연히 관심도 없었다. 청일 전쟁의 와중에 그는 자신의 모든 것을 바친 전함이 허무하게 침몰당하는 것을 지켜보아야 했다. 게다가 무능한 청 정부는 일본에게 패배를 인정하고 물러서고 말았다. 생각해 보면 억울한 전투였다. 북양 함대는 겉만 번지르 했지 속은 썩어 있었다. 대포가 있어도 쏠 포탄이 없었다. 게다가 아군 함끼리 서로 협조도 되지 않았다. 저마다 자신의 잇속만 차리느라 전투는 뒷전이었던 것이다.

사내는 패배를 용납할 수 없었다. 죽을 힘을 다해 싸우고 패하면 장렬하게 전사하는 것이 군인의 마땅한 도리였다.

"이번엔 반드시 우리 힘으로 패전을 승리로 바꾼다!"

그가 주먹을 불끈 쥐고 말하자 부하들도 굳은 의지로 손을 들었다.

황태자가 제물포역에 도착하자 그곳에는 순종 일행이 이미 나와 있었다. 법도대로라면 황제는 역 안에서 기다리고 있고 신하가 황태자를 맞이하여 안으로 모시는 것이 정상이었다. 하지만 황제 순종은 그런 법도도 체면도 물리치고 미리 나와 있었다.

"원로에 오시느라 수고가 많았소."

순종이 웃으며 맞이하자 황태자도 인사를 했다.

"이렇게 맞아주시니 감사합니다."

두 사람은 역 안으로 들어갔다. 황태자는 순종의 첫인상이 실망스러웠다. 기백도 총기도 없는 평범한 상이었다. 자기의 영토에 온 타국의 황태자에게 너무 고분고분한 것도 마뜩치 않았다.

'조선이 이래서 망하는 것인가?'

황태자는 문득 이토를 돌아봤다. 이토는 만면에 웃음을 띠며 아주 만족한 표정을 짓고 있었다.

10월 16일 오후 2시. 볼터의 저택

볼터의 저택은 굳게 닫혀 있었다. 그 저택의 구조는 문을 닫으면 요새로 변하여 외부인의 침입을 철저히 방지하도록 되어 있었다. 하지만 집주인인 볼터는 비밀 통로를 알고 있었다. 그가 급히 소집한 세창양행의 직원들은 최신형 소총을 들고 담 옆에 숨겨진 작은 문을 열었다. 해외의 상사에 근무하는 직원들이라지만 말이 민간인이지 사실은 정부 요원이나 마찬가지였다. 그들은 회사의 이익을 위해서라면 어떤 무력 충돌도 마다하지 않았다. 그들의 대부분은 군인 출신이었으며 실제 현역 군인도 있었다. 소속만 무역상사였지 실상은 나라의 정보원이었던 것이다.

그들은 소리 없이 움직여 이층으로 가는 계단으로 이동했다. 두 명의 괴한이 경비를 서고 있었지만 간단하게 처리되었다. 깜짝 놀란 눈동자를 미처 감기도 전에 그들의 목이 그어졌고 아무 소리도 내지 못한 채 쓰러졌다.

"위로!"

볼터가 손짓하자 사내들은 계단을 오르기 시작했다. 옥상에는 십여 명의 괴한들이 보였는데 한 가운데 위치한 대포를 보고 볼터는 생각보다 심각한 상황이라는 것을 깨달았다. 만약 조금이라도 지체되어 포탄이 발사된다면 명중 여부에 관계없이 볼터는 끝장이었다. 그의 사업과 지금까지 쌓은 막대한 부는 일본인들의 협조 아래 이루어진 것이었던 것이다.

"대포를 제압해야 하네. 내 집에 암살단이 들어온 것이 알려지면 우리 회사는 끝장이야."

볼터는 신신당부를 했다.

"더 기다릴 것 있습니까? 공격하시지요. 시간이 충분하니 한 발이 아니라 계속 포격할 수 있을 것입니다."

"아니다. 단순히 죽이는 것이 능사가 아니다. 그것은 제대로 죽이는 것이 아니야. 당초 계획대로 사람들이 모두 보는 가운데 죽여야 한다. 그것이 저들에게 맞는 처벌이 될 것이다."

"조준은 끝났습니다. 명령만 내리시면 바로 발포할 수 있습니다."

"그대의 솜씨야 의심할 바가 없지. 하지만 잠시 기다리게."

그 순간, 함성과 함께 서양 장정들이 돌격해 왔다. 그들은 착검한 소총을 들고 있었다. 삽시간에 벌어진 대담한 공격에 옥상을 점거한 괴한들은 속수무책이었다. 순식간에 구석으로 몰리며 하나둘 쓰러져 갔다.

"안 되겠다. 놈들은 내가 막을 테니 지금 당장 발포하라!"

사내가 장검을 뽑아 세창양행의 직원들을 막으며 외쳤다. 포수가 대포 앞으로 달려갔다. 그 모습을 본 볼터는 정신이 아득해졌다. 저 포탄이 발사된다면, 아니 포성만이라도 들린다면, 모든 것이 수포로 돌아갈 판이었다.

그때였다. 대포를 발사하려던 포수가 쓰러졌다. 그는 목을 부여잡고 있었는데 짧고 가는 화살이 목을 관통하고 있었다. 마지막까지 저항하던 괴한들이 모두 쓰러진 뒤에 볼터는 보았다. 건너편 나무 위에 검은 도포를 입은 사내가 활을 들고 있는 모습을. 그는 볼터에게 신호를 보내듯 고개를 끄덕이고는 이내 사라졌다.

"운이 좋았습니다. 큰 소란 없이 깨끗하게 모두 진압했습니다."

직원의 말에 볼터는 고개를 저었다.

"아니야. 이건 운이 아니라 조선 특경의 힘이었어."

의아한 표정을 짓는 직원을 보며, 볼터는 쓸쓸한 웃음을 지었다.

"어쩌면 우리가 조선을 너무 모르면서, 아무것도 모르면서, 겉만 보고 얕보는 건지도 몰라."

"그게 무슨……?"

"총으로 할 수 없는 것을 활로 막는 걸 내가 지금 보지 않았나. 지금 저들이 쏜 화살의 유효 사거리가 우리 총보다 멀었다네."

10월 16일 오후 3시 40분. 경성 남대문역

제물포를 출발한 기차는 순조롭게 달렸다. 꽃으로 장식한 황실 열차 전면부에는 대한제국의 국기와 일장기가 교차하여 펄럭이고 있었고, 철도변에는 기마 중대와 경찰, 헌병 등이 배치되어 물샐틈없는 경비를 펼쳐지고 있었다. 기차는 중간 역을 거치지 않고 경성 남대문역을 향해 달렸다. 황태자는 차창으로 펼쳐지는 조선의 풍경을 흥미롭게 바라보았다.

파란 하늘 아래 황금빛 들판이 펼쳐지고 있었다.

"귀국에서 후원한 농사 연구 기관이 수원에 설치되었지요. 작년에는 조선의 벼보다 훨씬 수확이 많은 신품종을 개발하여 농가에 보급하고 있습니다."

이완용이 황태자에게 굽신거리며 말했다.

"아! 권업모범장 말이군요. 앞으로 우리가 시키는 대로 잘 따르면 조선의 쌀 생산량은 몇 배로 뛸 것입니다."

근대 일본은 쌀이 부족했다. 대륙으로 진출하려면 군대와 함께 군량미가 필수적이었다. 일본이 주목한 것은 조선이었다. 조선을 식량 기지로 양성하면 일본 국내의 쌀 부족과 군량미 조달을 한꺼번에 해결할 수 있었다. 실제 일본으로 반출되는 조선의 쌀은 해마다 기하급수적으로 증가하고 있었다.

"다들 보세요. 정말로 아름다운 강산입니다!"

황태자의 목소리는 온 객실의 사람들에게 다 들릴 정도로 컸다. 그것은 마치, 이 땅은 나의 것이오! 하고 외치는 것 같았다.

경성이 가까워지면서 도시의 풍경이 조금씩 보이기 시작했다. 하지만 그것도 잠시, 조선인의 집들은 막으로 가려져 보이지 않았다. 남대문역에 기차가 도착했다. 역의 광장은 기병과 보병들로 둘러싸여 일반인의 접근이 금지되었다. 역 정면에는 일본 거류민단이 세운 대형 환영문이 반겼다. 열차에서 내리는 자리에서부터 붉은 비단을 깔아 길을 만들었다.

조선의 고위 관료들과 일본의 명사들 천여 명이 모여 있었다. 순종 황제는 일본 황태자와 인사를 나누고 다시 궁으로 돌아갔다. 일본 황태자도 곧바로 마차에 올랐고, 숙소로 준비된 조선통감 관저로 행했다.

이날 경성은 모든 것이 정지 상태였다. 전차의 운행도 중지되었고 임시 휴일이 선포되었다. 바닥을 평평하게 다진 길에는 하얀 모래가 깔려 있었다. 그리고 홍백(紅白)의 천을 길가에 둘러 시선을 막았다. 일본 거류민들과 외교 사절 등은 역과 역 주변 거리에서 황태자를 환영했다. 그들은 전국 각

지에서 모여들었다. 황태자의 마차가 지나가자 고개를 숙여 예를 표했고 황
태자는 손을 흔들어 이에 답했다. 일본인 중에는 감격에 겨워 우는 자들도
많았다.

"그런데 왜 저렇게 막을 쳐 놓은 거요? 풍경을 제대로 볼 수 없어 아쉽네."

황태자가 이토에게 물었다.

"조선인들은 위생 관념이 없어 매우 더럽습니다. 그들의 거주지도 불결
하여 볼 것이 못 되지요. 그래서 가리게 했습니다."

"내가 배를 타고 이 먼 곳까지 온 것은 조선을 제대로 보기 위함이오. 보
여주는 곳만 보게 된다면 어찌 제대로 된 순시를 했다고 할 수 있겠소?"

"황공합니다. 하지만 보안상의 문제도 있습니다. 전하의 안전을 책임지
는 입장도 살펴주십시오."

"그건 그렇고 좀 전에 보셨소? 가림막 너머로 무척 큰 천막이 하나 보이
던데 그것은 무엇이오?"

"천막이요? 그건 저도 보고를 받지 못했습니다만, 알아보고 말씀드리겠
습니다."

마차는 이윽고 남산이 바라다 보이는 조선통감 관저에 도착했다. 저택의 중앙에는 이미 황태자의 깃발이 당당하게 휘날리고 있었다. 다른 수행원들도 여러 곳의 숙소를 배정 받아 뿔뿔이 흩어졌다.

"내일 아침 10시에 조선 왕궁을 방문하는 것 말고는 더 이상의 공식 행사는 없는 거지요?"

황태자의 하문에 이토는 고개를 끄덕였다.

"그렇습니다. 오늘은 편히 쉬시면서 조선 태황제와의 면담에 대비하시면 됩니다."

"그게 무슨 대단한 의미가 있소?"

"오늘 보신 황제는 허수아비일 뿐입니다. 태황제 그자가 실질적인 조선의 군주입니다. 본국 몰래 유럽으로 밀사를 파견할 정도로 용의주도한 자이기도 하지요. 그와의 대면에서 제국의 위엄을 보여주셔야 합니다."

"글쎄요, 별로 관심이 가질 않소만……."

10월 15일 오후 3시. 경성

"큰일 났습니다. 사육사와 빙빙이 보이지 않아요."

원영인과 청방의 방주는 곡마단 천막 깊숙이 자리 잡은 단장의 방에서 머리를 맞대고 숙의 중이었다. 힘깨나 쓴다는 장정 둘에게 입구를 막고 아무도 들이지 말라 했는데 홍련이 들이닥친 것이다.

"어디 외출했다가 늦는 모양이지. 연놈이 전부터 심상치 않은 사이 같더니……."

원영인은 짜증이 났다. 어렵게 경성까지 들어와 기예단의 천막을 쳤는데, 크고 작은 사고들이 끊이지 않고 일어나고 있었다. 불곰만 해도 그랬다. 검역에 걸려 통과시켜 줄 수 없다는 것을 사정사정하고 뇌물을 찔러 넣어 겨우 데려왔는데 시름시름 앓더니 결국 공연에 나갈 수 없다는 것이었다. 사육사란 놈이 곡예를 하는 계집과 시시덕거리느라 소홀한 탓이 분명했다. 결국 청방 방주가 놈을 불러 호되게 벌을 주기는 했다. 덩치가 산만 한 사내가 아이의 몸을 한 방주에게 채찍을 맞는 모습은 기괴하기까지 했다.

"그건 아닌 것 같아요. 두 사람이 나가는 걸 본 사람이 없어요. 숙소에 가보니 짐도 그대로 있는데 두 사람만 보이지 않아요."

"기다려 봅시다. 돌아오겠지. 지 놈들이 낯선 조선 땅에서 어디 갈 데나 있으려고."

다시 잘 찾아보라며 홍련을 내보낸 뒤에 두 사람은 다시 속삭이기 시작했다.

"그러니까 분명 일본 황태자가 이곳에 제 발로 걸어 들어온다는 말이지요?"

원영인은 믿을 수 없었다. 목표가 그리 쉽게 유인될 거라니.

"그렇소. 믿어도 됩니다."

원영인은 방주의 장담이 도무지 의아스러웠다. 무얼 믿고 그러는 건지 알 수가 없는 일이었다.

"그래요. 온다고 합시다. 그렇다 해도 엄청난 호위병을 데리고 올 것 아닙니까?"

방주는 주위를 살피더니 속삭였다.

"놈이 우리 천막 안으로 들어오는 순간, 그의 목숨은 끝이오. 설령 백만 대군을 몰고 온다 해도 그 결과는 변하지 않소."

원영인은 이런 방주의 말을 어떻게 보고해야 할지 몰라 혼란스러웠다. 조선에 들어온 이래, 그는 매일매일 화교촌에서 온 심부름꾼에게 보고서를 전달하고 있었다. 본국의 입장은 간단했다.

'일본 황태자를 죽이되, 청 조정과는 무관하게 할 것.'

이미 제물포에서 청 해군의 패잔병들이 암살 시도를 했다는 소식도 접했다. 만약 성공했어도 청으로서는 뒷감당하기 어려울 일이었다. 그들이 청의 군인들이라는 게 밝혀지는 순간, 일본은 총구를 대륙으로 겨눌 것이었다. 어차피 한 번은 더 싸워야겠지만 지금은 그럴 시기가 아니었다. 청으로서는 전력을 정비할 시간이 필요했기 때문이다. 원영인은 일본과의 관계를 노심초사하는 북양 대신의 마음을 잘 알고 있었다.

"이럴 게 아니라 나도 그들을 찾아봐야겠소. 사소한 실수가 큰 계획을 무너뜨리는 법입니다. 방주께서도 만반의 준비를 하셔야 합니다."

원영인은 여전히 납득이 안 간다는 표정으로 떨떠름하게 밖으로 나갔다. 그가 나간 것을 확인한 방주는 문을 지키던 심복을 불러 무언가 지시를 내렸다. 잠시 후, 모자를 깊게 눌러 쓴 사내가 들어왔다.

"어서 오시오."

방주는 그와 악수를 했다. 눈매가 매서운 사내였다. 손 마디마디에서 굳은살이 만져지는 것으로 보아 단련이 잘 된 전사였다.

"통감 비서실의 미나미라고 합니다."

"그래, 이토 통감의 확인서를 가져왔소?"

"물론입니다. 통감께서는 이번 일이 성공하면 만주와 일본의 상권을 보장하고 방주의 안전도 보장하겠다고 약속하셨습니다."

사내는 봉투에 담긴 문서를 건넸다.

"그런데 정말 황태자가 이곳으로 오는 것이오?"

"걱정하지 않으셔도 됩니다. 통감께서는 황태자에 대해 누구보다 속속들이 파악하고 있습니다. 황태자가 이곳으로 오는 것은 맡겨 두라고 하셨습니다."

사내가 떠난 뒤 방주는 봉투를 열었다. 그곳에는 청방의 상권에 대한 보장과 황태자 이동시 호위에 대한 자료들이 들어 있었다.

원영인은 개운치 못한 기분으로 기예단 천막 이곳저곳을 뒤지고 다녔다. 사실 이번 일의 성공도 중요하지만 자신의 목숨을 건지는 일도 중요했다. 원영인은 애국을 위해 목숨을 바치는 그런 생각은 추호도 없었다. 그는 이미 현지 조직에게 일이 잘못될 경우 도피할 수 있는 안전한 장소를 확보하라는 지령을 내렸다. 그의 관심은 오로지 자신의 안전에 있었다.

"거서 뭣들 하는가?"

그의 눈에 들어온 건 러시아 인부들이었다. 제물포에서 만나 요긴한 일손을 보태준 다섯 명의 사내들이 구석에 모여 수군대는 모습이 눈에 띄었다.

"사육사가 실종되었다 들었습니다."

빅토르가 유창한 중국어로 말했다. 그는 중국어를 모르는 동료들을 대신해서 원영인과 소통하곤 했다.

"왜? 혹 짐작이 가는 데라도 있나?"

"우리 동료 중 하나가 그들이 길 건너로 사라지는 걸 봤다고 합니다."

"젠장! 그렇군. 채찍 몇 번 맞았다고 달아나다니……."

"그래서 말씀인데요."

"왜?"

"저도 본국에서 서커스단에 있었습니다."

"그래?"

사실 이런 기예단은 중국과 함께 러시아가 오랜 전통을 자랑했다.

"어떤 걸 할 수 있지?"

"저도 조련사였습니다. 불곰은 원래 러시아 땅에서 사는 놈이지요. 제가 더 잘할 수 있습니다."

"조련사는 필요 없어. 어차피 곰의 상태가 안 좋아서 공연을 못 할 것 같거든."

그러자 빅토르가 눈을 반짝이며 물었다.

"그럼 제가 조련해서 공연에 나갈 수 있다면 저를 일하게 해주시겠습니까?"

"물론이지. 그렇게만 해준다면 네게 달아난 놈의 월급을 그대로 주지."

"알겠습니다. 곰은 걱정 마십시오. 제가 알아서 하지요."

원영인에게는 오히려 잘된 일이었다.

'저 러시아 놈들은 내게 행운을 가져다 주는군.'

러시아 인부들은 원영인이 가는 것을 확인하고는 눈빛을 교환했다. 그리고는 커다란 포대를 들어 천막 뒤의 공터로 옮겼다. 그들은 조용히 땅을 파기 시작했다. 아무 말도 없이 삽질하는 소리만 들리더니 이윽고 제법 깊은 구덩이가 생겼다. 포대는 그곳으로 던져졌다. 구멍이 메워지자 그들은 포대가 있던 자리의 땅을 다듬기 시작했다. 구멍을 팠던 흔적조차 감쪽같이 사라졌다.

10월 16일 오후 7시. 조선통감 관저

"아까 내 식사 시중을 들던 아이를 불러라."

황태자의 분부에 하녀가 불려 들어왔다. 얼굴을 자세히 본 것은 아니지만 가늘고 긴 목과 하얀 피부에 왠지 눈길이 갔던 여인이었다.

"조선 여인과는 처음 대화를 해보는구나. 우리말을 할 줄 아느냐?"

"조금 배웠습니다."

여인은 일본어로 짧게 대답했지만, 아주 분명한 발음이었다.

"그래, 이름이 무엇이냐?"

"민재영이라 합니다."

"아까는 왜 내 말을 거역했지?"

"술을 더 가져오라는 말씀 말입니까?"

"그래, 나는 네가 우리말을 못 알아들은 줄 알았다. 이토가 그리하라더냐?"

"아닙니다. 마침 맥주가 차가운 것이 보이지 않아 못 들은 척 했습니다."

"흠, 당돌하구나."

황태자는 눈을 가늘게 뜨며 희미하게 웃었다. 확실히 일본 여인과는 다른 매력이 있었다. 일본의 궁녀들은 그의 앞에서 눈도 제대로 맞추지 못하고 허리도 제대로 펴지 못했다. 하지만 민재영이라는 이 조선 여인은 허리를 꼿꼿이 펴고 그의 눈을 똑바로 바라보고 있었다.

"네가 마음에 드는구나. 내가 조선에 있는 동안 내 곁에 있거라. 시중을 잘 들면 일본으로 데리고 가겠다."

그때 이토 히로부미가 들어왔다.

"만찬은 마음에 드셨습니까? 부족한 게 많아 송구스럽습니다."

"뭐 그럭저럭 먹을 만했소."

"다행입니다. 그리고 아까 하문하신 일에 대해 알아보았습니다."

"무엇 말이오?"

"길에서 보셨다던 천막 말입니다."

"그래요, 그게 뭐랍니까?"

"청에서 온 기예단의 공연장이라 들었습니다."

"기예단?"

"그렇습니다. 곡마단이라고도 하지요. 일본에도 재주를 넘는 광대들이 있지만 뿌리는 대륙입니다. 수천 년의 역사를 가지고 있지요."

황태자는 구미가 당기기 시작했다. 워낙 따분한 걸 싫어하고 재미있는 일이라면 목숨이라도 걸 것 같은 기질이었다.

"무슨 공연을 한답니까?"

"줄타기도 하고, 재주넘기도 하고, 동물을 부리는 조련사도 있답니다."

"가보고 싶군!"

"하지만 내일 아침부터 일정이 있는데 쉬심이……"

"멍하게 누워서 쉬는 건 이미 배에서 충분히 했소. 가봅시다."

이토는 곤란한지 헛기침을 했다.

"아리스가와 궁께서 아시면 위로 보고할 터이니 천황께서 절 문책하실 겁니다."

"아니오. 그는 다른 숙소에 있으니 알 수 없을 것이오. 내가 조용히 다녀오겠소."

이토는 다시 헛기침을 했다.

"정 그러시다면 지금 출발하시지요. 내일부터는 일반 손님을 받고 공연을 한답니다. 그래서 오늘 특별 공연을 할 수도 있다는 것을 미리 전달해 두었습니다."

"역시! 통감은 준비가 철저하군요. 내 다녀오겠소."

공식적인 행사가 아니었기에 황태자는 군복을 벗고 코트로 갈아입었다. 중절모를 쓰니 황태자라는 사실을 겉으로 알아보기는 힘들었다.

마차 한 대가 통감부를 빠져 나왔다. 뒤를 이어 일개 소대의 호위병들이 문을 나섰다. 이토는 정문까지 따라 나와 태자를 배웅했다. 고개를 깊이 숙인 그의 입에 묘한 미소가 감돌았다.

원영인은 황태자가 곧 도착한다는 전갈을 받고 정말로 놀라지 않을 수 없었다.

"정말 오는군요!"

원영인이 놀란 표정을 보이며 방주에게 말했다. 방주는 아이 옷을 입고 볼에 붉은 화장을 하고 있어서 우스꽝스러워 보였다.

"내가 온다지 않았소. 그대는 신호가 떨어지면 준비했던 약속된 장소에 불을 붙이면 됩니다. 다음은 내가 다 알아서 할 테니 홍련의 지시에 따라 피하시오."

황태자의 마차는 이제 막 도착하기 직전이었다. 그런데 또 한 대의 마차가 나타났다. 그리고 모퉁이를 돌았을 때 마차는 다시 한 대가 되어 있었다.

천막 안은 공연을 하는 공간과 관람객이 앉을 수백 개의 의자가 놓인 공간으로 구분이 되었는데, 천막이라 할 수 없을 만큼 넓고 컸다. 정식 공연은 내일부터였지만 이미 준비는 마친 상태였다. 천막 곳곳은 꽃으로 장식하였고, 전등 불빛은 사방에서 반짝였다. 입구에는 속살이 보일 듯 야한 복장을 한 여인 둘이 꽃등을 들고 일행을 환영했다.

마차가 도착하자 곧 일개 소대의 정예 일본군이 천막을 에워쌌다. 인솔한 장교가 외쳤다.

"누가 우두머리냐?"

그러자 대기하고 있던 원영인이 나섰다.

"단장께서는 직접 공연을 하시기 때문에 제가 대신 나왔습니다. 저는 사무장입니다."

"이제 이곳은 우리들이 통제할 것이다. 조금이라도 수상한 행동을 하는 자는 즉각 사살될 것이다!"

"공연장에는 저희 단원들만 있습니다. 어서 드시지요."

근위장이 먼저 들어가 이상 없음을 확인한 후에 모자를 눌러 쓴 황태자와 일행들이 입장했다. 비록 대부분의 호위병들은 천막 밖에 있지만 천막 안에서 황태자를 근접 경호하는 인원도 십여 명이 넘었다. 안으로 들어가자 광대 분장을 한 어린 소년이 두 발로는 외발 자전거를 타고 두 손으로는 여러 개의 공을 돌리면서 일행을 반갑게 맞이했다. 뒤뚱뒤뚱 금방이라도 넘어질 듯하면서도 두 손으로는 다섯 개의 공을 자유자재로 던지고 받았다.

일행이 관람석 중앙에 앉자 금방이라도 벌어질 것 같은 화려하면서 야한 치파오를 입은 미녀가 하늘거리며 무대로 걸어 나와 인사를 했다. 홍련이었다.

"귀빈께서 이렇게 누추한 곳까지 찾아주시니 우리 북경 기예단의 영광입니다. 모쪼록 즐거운 관람되시길 바랍니다."

말을 마치고 돌아서는 여인의 치마는 깊게 파여서 엉덩이가 거의 드러날 지경이었다. 일행들 사이에서 감탄사가 나오고 휘파람 소리까지 들렸다.

"그래, 바로 이런 걸 원했단 말이야!"

황태자는 만족스러운 표정을 지으며 손뼉을 쳤다. 그러자 외발 자전거를 탄 소년이 다가와 속삭였다.

"오늘은 일반 관객이 없는 특별 공연이기 때문에 더욱 즐거운 것들이 준비되어 있답니다."

그러자 황태자의 시종이 벌떡 일어나 지폐를 던졌다.

"우리 주인께서 제대로만 하면 많은 사례를 하실 거다!"

소년은 지폐를 받으려 공을 힘껏 위로 던지더니 페달을 밟아 전진했다. 그리고 정확하게 지폐를 받아 품속에 넣었다. 그리고 손을 꺼내는 순간 땅으로 떨어지나 싶던 공들은 어느새 다시 광대 소년의 손 위에서 돌아가고 있었다.

"잘 하는구나!"

박수가 터졌다. 이윽고 무대에는 거의 벌거벗다 싶은 여인들 넷이 나타났다. 그녀들은 작은 항아리를 머리 위에 얹고 있었는데 손을 쓰지 않고 항아리를 머리 아래로 내려 가슴으로 허리로 엉덩이로 돌리기 시작했다. 반라의 몸 사이로 현란한 동작들이 연출되면서 아찔한 포즈로 이어졌다. 둘이 짝을 짓더니 항아리를 사이에 두고 야릇한 신음을 내면서 서로를 어루만지기도 했다. 손을 사용하지 않았는데도, 항아리는 이리 저리, 이 몸에서 저 몸으로 아슬아슬 옮겨 다녔다.

여인들은 하나같이 관능적이었다. 운동으로 다져진 몸매는 건드리면 터질 듯 팽팽하고 연신 신음을 토해내는 입술은 붉었다. 관람객들은 모두 사내였으므로 점점 더 여인들의 동작에 빠져 들어갔다.

다음은 가죽 바지만 입은 조련사가 채찍을 휘두르며 등장했다. 그는 금발에 푸른 눈을 가진 러시아인이었다. 잘 발달된 복근이 유난히 도드라져 보이기도 했다. 뒤를 이어 등장한 건 곰이었다. 조련사보다 머리 하나가 더 큰 곰은 울부짖으며 등장했지만 곧 조련사의 채찍에 따라 움직이기 시작했다. 얌전하게 좁은 단 위에 올라가더니 두 발로 서서 춤을 추었다. 그 모습에 관객들은 웃음을 터트렸다.

곰은 마치 사람 같았다. 조련사의 손짓에 따라 항아리를 돌리던 한 여인에게 다가가더니 가랑이 사이에 머리를 넣고 번쩍 들어올리는 것이었다. 졸지에 곰 머리 위에 올라간 여인은 잠깐 놀라는 표정이었지만 이내 여유를 찾았다는 듯이 곰의 머리 위에서 항아리를 유유히 돌렸다.

객석에서 박수갈채가 터졌다. 눈으로 직접 보지 않고는 믿기 힘든 광경이었다. 황태자는 눈짓으로 시종에게 지폐를 던지라고 명했다. 세 개의 지폐 다발이 무대 위로 날아들었다. 그러자 항아리를 돌리던 세 여인이 몸을 날려 각자의 항아리 속으로 돈다발을 받았다. 역시 손을 쓰지 않은 동작이었다.

"정말 대단하군! 대단해!"

황태자는 흥분한 듯 소리쳤다.

"그런데 저 곰이 들어올린 여인은 조금 겁먹은 듯하군요."

시종이 속삭였다.

"아무리 훈련을 했다 해도 맹수인데 무섭지 않겠나?"

이제 공연의 하이라이트였다. 외발 자전거를 탄 소년과 네 명의 여인과 곰이 흥겨운 음악에 맞춰 춤을 추며 관객들에게 손짓했다. 관객들이 망설이고 있다고 생각하는 순간 여인들은 그나마 중요 부위를 가리고 있던 천 조각들을 홀렁홀렁 벗어 던졌다. 실오라기 하나 걸치지 않은 나신 위로 항아리들이 돌기 시작했다.

"가자!"

더 이상 참을 수 없다는 듯 황태자가 무대 위로 뛰어올랐다. 그 서슬에 놀랐는지 경호원들도 함께 올라갔다.

그 순간이었다. 입구에 있었던 원영인이 성냥을 당겨 천막에 불을 붙였다. 기름을 먹여두었던 것일까. 순식간에 불이 붙은 천막은 걷잡을 수 없이 활활 타올랐다. 아차, 하는 순간에 천막 밖에서 경호를 서던 일본군들과 천막 안의 황태자가 분리되고 말았다.

공연장도 아수라장으로 급변했다. 항아리를 돌리던 여인들은 갑자기 규칙을 깨고 두 손으로 항아리를 잡더니 경호원들의 머리를 후려쳤다. 조련사는 채찍의 끝을 벗겨 냈는데 그곳에는 날카로운 칼날이 숨어 있었다. 바람을 가르는 소리를 내며 채찍은 무서운 살인 무기로 변신했다.

공을 돌리던 광대 소년은 어느새 자전거에서 내려와 있었다. 그는 청방 방주였다. 그가 공을 던지자 공은 사람에게 날아가 펑 소리와 함께 터지며 불이 붙었다. 새파란 빛을 내는 불은 아무리 끄려 해도 꺼지지 않았다.

황태자의 경호원들은 수많은 지원자들 중에서 그야말로 가리고 가려 뽑은 정예 요원들이었다. 순식간에 세 명의 희생자가 나왔지만 곧 정신을 차리고 황태자를 에워쌌다. 그들은 품에서 권총이나 단검을 꺼내 대항하기 시작했다. 그중의 하나가 호각을 힘껏 불었다. 하지만 바깥도 이미 아수라장이었다. 변고가 있음을 눈치챈 소대원들은 진입을 시도했지만 입구는 이미 불로 가로막혔다. 궁여지책으로 칼로 천막을 찢으려 했지만 도대체 어떤 재질을 사용했는지, 불에 활활 타면서도 칼은 좀처럼 들어가지 않았다. 그렇다고 함부로 총질을 하다가 천막이 무너지면 황태자의 신변이 위험할 수도 있었다.

"서둘러라!"

결국 결단을 내린 소대장의 명령에 따라 한 귀퉁이에 일제 사격을 한 끝에 간신히 들어갈 수 있는 공간을 확보할 수 있었다. 무대 위의 상황은 절망적이었다. 잇달아 네 명이 다시 쓰러진 뒤에 황태자 측도 암살단의 여인들을 처치할 수 있었다. 하지만 마지막 복병이 숨어 있었다. 그것은 곰이었다. 곰은 어마어마한 괴력으로 칼날 같은 발톱을 휘두르며 덤벼들었다. 누군가 총을 한 발 맞힌 것도 같고 칼로도 찌른 것 같은데 곰은 아랑곳하지 않았다.

다시 세 명이 희생을 당한 뒤에야 경호원들은 그게 곰이 아니라 사람이라는 것을 알게 되었다. 불의 온도를 참지 못한 곰이 스스로 머리 가죽을 벗었던 것이다. 그 안에서 나타난 것은 키가 이 미터도 훨씬 넘는 푸른 눈의 거인이었다. 하지만 경호원들이 끝까지 버티어 준 덕에 황태자는 달아날 기회를 잡을 수 있었다. 마침 외부 경비를 서던 군인들이 불길을 뚫고 들어오고 있었다.

"황태자 전하! 이쪽으로!"

소대장이 다급하게 소리를 질렀다. 소대장을 향해 황태자가 막 몸을 돌려 달아나려는 그 순간이었다. 청방 방주가 던진 마지막 다섯 번째 공이 황태자의 등을 정확하게 가격했다. 순식간에 푸른 불꽃이 일고, 황태자는 불길에 휩싸였다.

"전하!"

소대장과 병사들이 달려들어 불을 끄려고 했지만 그 불은 절대 아무리 해도 꺼지지 않았다. 황태자는 비명을 지르며 산 채로 불에 타들어 갔다. 병사들이 할 수 있는 건 러시아 국기를 꺼내 흔들고 있는 암살자들을 일제 사격으로 죽이는 것뿐이었다. 그나마도 청방 방주와 원영인은 사라진 뒤였다.

"밖으로 나가라!"

절망에 빠진 소대장의 명령도 무너져 내리는 천막 속에서 사라져 갔다.

*

"우리가 해냈소!"

탈출해서 먼 곳에 숨어 이 광경을 지켜보던 원영인이 감격에 겨워 소리쳤다. 새로운 일본군 병력이 도착해 주변을 봉쇄했지만 그들은 이미 빠져나온 뒤였다.

"그런데 그 러시아 놈들은 어떻게 된 거요."

그을린 옷을 털며 청방 방주가 물었다.

"그러게요. 나도 몰랐소. 아무튼 이번 거사에 그들도 톡톡히 공헌을 한 셈이오."

홍련이 미처 빠져나오지 못했지만 누구도 궁금해 하지 않았다.

둘은 중국인 거주지로 스며들었다. 이제 아무도 그들을 찾을 수 없을 것이었다.

2권에서 계속

부록. 1907년 주요 사건

1월

- 을사늑약에 저항했던 최익현 의병장 사망(1일)

- 평양과 대구측후소에서 기상 관측 시작(1일)

- 러시아 총선 실시

- 대구 갑부 서상돈을 필두로 국채보상운동 전개(29일)

2월

- 미국에서 안창호 귀국

- 일제의 조선통감부 설치 1주년 기념행사

3월

- 일본소학교를 6년간의 의무교육으로 실시

- 도쿄 권업박람회에서 한국인 남녀 2명을 우리 안에 가두어 전시

4월

- 대한제국 소속의 모든 기상 관측소 및 측후소를 통감부 관측소로 흡수 통합(1일)

- 안창호의 발기로 비밀결사단체 신민회(회장 윤치호) 창립

5월

- 국채보상운동 기관지 『대동보』 창간

- 네덜란드 헤이그에서 열린 만국평화회의에 특사(이준, 이상설, 이위종) 파견

- 이토 히로부미의 건의에 따라 이완용 내각 성립(22일)

6월

• 일본과 프랑스 간 협정 체결(10일)

7월

• 이준 열사 순국(14일)

• 고종 강제 퇴위(20일)

• 한일 신협약(정미7조약) 체결(24일)

• 일제, 대한제국 군대 해산령 공포(31일)

8월

• 원주 진위대 장병, 군대 해산에 대한 무장 항쟁 전개(5일)

• 13도 창의군 결성

• 일본군, 강화도 조약(11일)

• 순종의 황제 즉위 및 단발 시행(27일)

• 일제, 경성감옥 건립

9월

• 러시아 및 일본과 통상어업조약 조인(9일)

• 일제, 총포 및 화약류 단속법 공포를 통해 한국인의 총기 소지 금지

• 이인영을 중심으로 전국적 의병 조직 결성

10월

- 경성측후소에서 기상 관측 시작(1일)
- 일제, 대한제국의 경찰권 강탈(9일)

11월

- 박헌정, 이동선 외 7인, 장훈학교(長薰學校) 설립(2일)
- 미국, 파나마 독립 승인(6일)

12월

- 이승훈, 민족의 4대 저항 학교인 정주의 오산학교(伍山學校) 설립(28일)

장루이 미스터리 픽스토리 제1권
1907 네 개의 손

1판 1쇄 인쇄 2019년 1월 20일
1판 1쇄 발행 2019년 1월 30일

지은이 장루이
발행인 윤미소
발행처 (주)달아실출판사

책임편집 박제영
디자인 전형근
마케팅 배상휘

주소 강원도 춘천시 춘천로 17번길 37, 1층
전화 033-241-7661
팩스 033-241-7662
이메일 dalasilmoongo@naver.com
출판등록 2016년 12월 30일 제494호

ISBN 979-11-88710-29-4
ISBN 979-11-88710-30-0

* 이 도서의 국립중앙도서관 출판예정도서목록(CIP)은 서지정보유통지원시스템 홈페이지
(http://seoji.nl.go.kr)와 국가자료공동목록시스템(http://www.nl.go.kr/kolisnet)에서 이용하실
수 있습니다.(CIP제어번호 : CIP2019001575)
* 잘못된 책은 구입한 곳에서 바꿔드립니다.
* 책값은 뒤표지에 표시되어 있습니다.